द्वितीयोनास्ति

कैलास : पर्वत एक अकेला

द्वितीयोनास्ति

कैलास : पर्वत एक अकेला

हेमंत शर्मा

प्रभात प्रकाशन
ISO 9001 : 2008 प्रकाशक

प्रकाशक • **प्रभात प्रकाशन**
4/19 आसफ अली रोड,
नई दिल्ली–110002

संस्करण • प्रथम, 2013
मूल्य • सात सौ पचास रुपए
संकल्पना, डिजाइन व लेआउट • रोहित सूरी
मुद्रक • ग्राफिक वर्ल्ड, नई दिल्ली

DWEETIYONASTI (Travelogue) *by* Hemant Sharma Rs. 750.00
Published by Prabhat Prakashan, 4/19 Asaf Ali Road, New Delhi-2
ISBN 978-93-5048-313-8

बिन गुरु जगत को निरगुन पावा॥

क्रम

पुरोवाक्

हेमंत शर्मा ने 'हरिद्विनम्' में मुझे ढूँढ़ निकाला। कैलास-मानसरोवर कथा—एक अंतर्यात्रा, काशी से कैलास तक खुद की जड़ों को ढूँढ़ने की, दादी और अपने तर्पण की यह कथा छपने से पहले मेरे पास पहुँचा दी। प्रीत हूँ। कृतज्ञ हूँ।

कैलास-मानसरोवर यात्रा का यह बखान मानो मेरे 'शिकस्त की आवाज' है। जब मैंने हिमालय यात्रा शुरू की तब यह यात्रा खुली थी। जा सकता था तो गया नहीं। जब जाने का मन हुआ तब तक चीन का शिकंजा कस गया। फिर जब सरकारी यात्रा शुरू हुई तो वह मेरे लिए नहीं थी।

तब काठमांडू से नगरकोट होकर उस पुल तक गया, जिसके पार तिब्बत है और हिमालय के तीर्थों का तीर्थ कैलास-मानसरोवर। किंतु कम्युनिस्ट चीन के कब्जे में तीर्थयात्रा में वह पवित्रता कहाँ? वह भाव कहाँ? इसलिए कैलास-मानसरोवर की यात्रा मुक्त हो, इसकी अनेक विध कर्म-चेष्टा की। काशी, दिल्ली, शिमला आदि के भारत-तिब्बत मैत्री संघ के सम्मेलनों के जरिए इसकी गूँज-अनुगूँज हुई। हिंदुस्तान-तिब्बत रोड पर शिमला-रामपुर-बुशहर-रिकांग पिओ-कल्पा-समदू यान वाहन से, फिर सीमांत गाँव नमग्या पाँव-पैदल गया। नमग्या के इंस्पेक्शन बँगले में बैठा।

ग्राम प्रधान ने सत्कार किया, किंतु पुराना रास्ता टूट गया था और नया बना नहीं। वही हाल जो देश का है! फिर गेशे ला ने शिद्दत से कहा कि हमें अपने हाल पर छोड़ दें। किन्नौर को बख्श दें। आपका उत्तर प्रदेश बड़ा राज्य है, तब तक उत्तराखंड उसका अंग था, उससे होकर जो रास्ता है, उसे ही चलने दें। किन्नौर का पुराना रास्ता न चालू करें। इस रास्ते चीन आ गया तो हम कहाँ जाएँगे? ब्येला कुप्पे? मुंडगोड? या और कहाँ? नमग्या प्रवास में मालूम हुआ कि पिछले दिनों चार-पाँच चीनी सैनिक पूछताछ करते आ गए थे, तो लोग जैसे गाँव छोड़कर भाग खड़े हुए थे। तब उस रास्ते चलने का आग्रह छोड़ दिया। कहना नहीं छोड़ा कि 'कैलास-मानसरोवर यात्रा मुक्त हो।'

एक तीसरा रास्ता भी है। नेपालगंज से हेलीकॉप्टर-लैंडक्रूजर-पाँव-पैदल। यह तो पता भी न था। शायद तब था भी नहीं। जो हो, इस रास्ते से हेमंत के साथ कैलास-मानसरोवर यात्रा—अंतर्यात्रा—कर आया। कैलास का दरस-परस और मानसरोवर के जल में स्नान-मज्जन तथा पान और तर्पण। ऐसा पहली बार हुआ। क्या भाव है? क्या भाषा? ऐसी भाषा काशी में ही लिखी जा सकती है, अन्यत्र नहीं। वैसे इसका वर्णन स्कंदपुराण के अंतर्गत मानस-खंड से लगाकर गगन गिल के 'अवाक्' तक अनेक बार पढ़ चुका हूँ। माहात्म्य का बखान भी किया है। 'लिख कागद कोरे'। किंतु ऐसे डूबकर नहीं। '"डूबे सब अंग।'

क्या ऐसा फिर हो पाएगा? कोई बताए।

—कृष्ण नाथ

'द स्टडी',
बेंगलुरु

अकथन

जो वर्णन से परे है, उसका वर्णन कैसा? जो एक अबूझ पहेली है, उस विस्मय का बखान कैसा? लेकिन कोशिश तो की जा सकती है। शिव अनंत हैं तो फिर अनंत को शब्दों में कैसे बाँधा जा सकता है। वेदों के रुद्र, पुराणों में शिव, आदिवासियों के भैरव, साधारण जन के भोले शंकर, अपने भँगेड़ी गुरु। इनकी समाई शब्दों में कैसे हो सकती है। इसलिए जहाँ शब्दों ने साथ छोड़ा, वहाँ मैंने कैमरे का सहारा लिया। किताब में छपे ये चित्र यात्रा की बेसुधी में मेरे द्वारा क्लिक किए गए हैं। तसवीरें कैलास-मानसरोवर के रोमांच का रहस्य खुद खोलती हैं।

कैलास की मेरी यात्रा एक अंतर्यात्रा थी। काशी से कैलास तक के विस्तृत फलक पर खुद की जड़ों को ढूँढ़ने की। ढूँढ़ा भी। इससे पहले भी ऐसी तीन कोशिशें काशीवालों ने ही की थीं। मेरे मुहल्ले के कबीर लिखते हैं—'मान सरोवर सुभर जल, हंसा केलि कराहिं। मुक्ताहल मुक्ता चुगैं, अब उड़ि अनत न जाहिं'। महाकवि जयशंकर प्रसाद अपनी 'कामायनी' में कहते हैं—'मनु ने कुछ-कुछ मुसक्याकर कैलास दिखलाया। बोले, देखो यहाँ पर कोई भी नहीं पराया।' बाबू शिव प्रसाद गुप्त ने भी अपनी पुस्तक 'पृथ्वी प्रदक्षिणा' में कैलास के अलौकिक स्वरूप का जिक्र किया है। यह प्रयास उस सिलसिले को आगे बढ़ाने की कोशिश मात्र है।

इस किताब में कुछ कहा, कुछ अनकहा है। कहीं-कहीं निःशब्द रहा हूँ। यह न यात्रा-वृत्तांत है, न संस्मरण। इस पुस्तक में जितना मैं मौजूद हूँ, उतने आप भी। कैलाश और मानसरोवर के साथ। हमने किस नजर से देखा? कहाँ से देखा? जितना देखा, क्या उतना व्यक्त कर पाया? शायद नहीं। सच कहूँ तो मानसरोवर की यह यात्रा आज भी कहीं भीतर जारी है। ईश्वर को देखने के लिए मरना होता है। जो इस काया के साथ देखते हैं सिद्ध होते हैं। न हम सिद्ध थे। न मरे। फिर भी अहसास किया। अगर इस अहसास का आपको सहभागी बना पाया तो यह मेरा पुण्य, नहीं बना पाया तो असफलता मेरी।

आइए, चलिए, इस अनंत यात्रा में हमारे साथ। अगर आपको वैसा ही अपूर्व और अलौकिक सुख मिले तो यही मेरी कामयाबी।

आभार

• उन पुरखों का, जिनकी प्रेरणा से मानसरोवर गया। • उस काया का, जिसने यात्रा में साथ दिया। • उस मन का, जिसने यह जादुई अहसास ग्रहण किया। • पिता श्री मनु शर्मा का, जिन्होंने अक्षरपथ पर चलना सिखाया। • आलोचक नामवर सिंह का, जिनके फोन ने हर सोमवार को मेरे लेखन की रफ्तार बढ़ाई। • रजत शर्मा और ऋतु धवन का, जिन्होंने जीवन के नए अर्थ दिए। • कलाविद् रोहित सूरी का, जिनके चित्र-संयोजन और ले-आउट का लोहा सभी मानते हैं। • नवीन तिवारी का, जिन्हें आँगन कुटी छवाकर मैंने अपने पास ही रखा है। • राकेश धर त्रिपाठी का, जिनके बिना यह यात्रा न होती। • कवि आलोक श्रीवास्तव का, मेरा चेहरा देख जिन्हें नहीं लगता कि मैं ऐसा भी लिख सकता हूँ। • दयाशंकर शुक्ल 'सागर' का, गागर में सागर भरने के लिए। • पद्माकर चौबे, दूसरी पारी के मेरे लेखन के प्रेरक। • प्रभात कुमार, इस दबाव के लिए कि जल्दी लिखें। • अजय गुरु का—हर काम के साथी। • डॉ. संदीप कुमार, कॉपी और शोध के लिए। • वीणा का, उनके धैर्य के लिए। रात एक बजे तक लिखने से उनकी नींद में खलल पड़ता रहा। पर माहौल कभी अशांत नहीं हुआ। • ईशानी का, जो लेखन की पहली पाठक हैं। • पार्थ का, जो यात्रा पर जाने से पहले मेरे लिए पूरे उत्साह से बर्फ में उपयोगी वस्तुएँ ढूँढ़ता रहा।

संकल्प

काशी और कैलास का क्या रिश्ता? देवताओं के देव महादेव को आखिर कैलास इतना क्यों पसंद है? ऋषि-मुनियों के इस नंदनकानन कैलास को देखने की इच्छा बचपन से थी। काशी में जन्म लेने के बाद जब से होश सँभाला, यही सोचता था, शिव अगर कैलास पर रहते हैं तो काशी में क्या करते हैं?

कैलास यानी साक्षात् स्वर्ग और काशी, जहाँ मात्र मरने से स्वर्ग जाते हैं। काशी और कैलास का यही शाश्वत रिश्ता है। कैलास जाने का मैंने जो संकल्प लिया, उसके मूल में यही रिश्ता था, यानी मुझे स्वर्ग जाना था। पर बिना मरे। सब नहीं जा सकते। वहाँ बुलावे पर ही जाना होता है। हमारे खानदान में कोई नहीं गया। रिश्ते-नातेदार भी नहीं गए। किसी की कल्पना भी नहीं थी कि वहाँ सशरीर जाया जा सकता है। इसलिए मेरे लिए यह सिर्फ यात्रा नहीं, अंतर्यात्रा थी। अतीत की यादों में जाने का एक आयोजन। पुरखों को तारने का यज्ञ। जीते-जी 'स्वर्गीय' होने का सुख। इसलिए हमें कैलास जाना था।

सृष्टि की शुरुआत से शिव अकेले ऐसे देवता हैं, जिनकी निरंतरता बनी हुई है। वे या तो कैलास पर रहते हैं या फिर श्मशान में, और काशी—यह तो महाश्मशान है। शिव उसके अधिपति हैं। इसी तार के जरिए काशी और कैलास का रिश्ता बनता है। दोनों के मूल में रिश्ता है। एक स्वर्ग है और दूसरा स्वर्ग जाने का रास्ता। यही सेतु मैं ढूँढ़ रहा था।

घुमक्कड़ी प्रवृत्ति तथा देश और समाज को जानने की इच्छा वर्षों से मेरे कैलास जाने के आवेग को बढ़ा रही थी। कई जिज्ञासाएँ थीं। शंकर वहाँ रहते हैं। सभी नदियों के स्रोत वहाँ हैं। धरती पर ताजा पानी का सबसे बड़ा भंडार वहीं है। राजहंस वहीं पाए जाते हैं। मेरी दादी बचपन में कैलास को स्वप्नलोक-सा बताती थीं। उनके मुताबिक, 'गीता' में भगवान् श्रीकृष्ण ने भी कहा, 'मेरूरू शिखरिणामहम्।' यानी पर्वतों में कैलास मैं ही हूँ।

वहाँ मानसरोवर भी एक अद्‌भुत रहस्य-लोक है। दिन में कई बार सूरज की स्थिति बदलने से मानसरोवर का रंग बदलता है। ऋषि-मुनि और देवगण यहाँ बड़े सवेरे ब्राह्म-मुहूर्त में नहाने आते हैं। रिनपोछेजी भी कैलास को उतनी ही श्रद्धा से याद करते थे जितनी श्रद्धा उन्हें भगवान् बुद्ध में थी। रिनपोछेजी तिब्बत की निर्वासित सरकार के प्रधानमंत्री थे। वे बनारस में रहते हुए हमारे घर अकसर आया करते थे। कैलास के अलौकिक सौंदर्य का बखान करते वे नहीं थकते। बचपन में उन्हीं के जरिए मेरी बौद्ध धर्म की भी समझ बनी।

कहते हैं, ब्रह्मा ब्रह्मलोक में, विष्णु बैकुंठ में और शिव कैलास पर रहते हैं। जिंदा रहते हुए हम न ब्रह्मलोक जा सकते हैं, न बैकुंठ। सिर्फ कैलास ही जाया जा सकता है। शिव आदि हैं, इसलिए कैलास जाना अपनी जड़ों को खोजना है। गंगा के मूल में जाना है। क्षीर सागर की गोद में बैठना है। शिव और गंगा से हमारा गहरा बनारसी नाता ही हमें कैलास की ओर खींच रहा था।

मित्रों ने सचेत किया कि यात्रा कठिन है। जाने से पहले एक दफा और सोचिए। लेकिन मेरा तो संकल्प था। मुझे जाना है। सोचा, अपनी वसीयत तो लिख ही दूँ, ताकि कुछ गड़बड़ हुई तो लोगों को परेशानी न हो। फिर खयाल आया, अगर उन्हें यही मंजूर है तो मैं क्यों लिखूँ? बिना सोचे हम चल पड़े—दुनिया की सबसे सुंदर और दुर्गम यात्रा के लिए।

शिवत्व की खोज में एक आदिम और अनंत स्मृति की ओर। इस मान्यता के साथ कि कैलास ही मेरु पर्वत है, जो ब्रह्मांड की धुरी है।

हमारी आस्था में कैलास, शिव और पार्वती का निवास है। बौद्ध धर्म में यह बोधिसत्त्वों के पृथ्वी पर उतरने की जगह मानी जाती है। जैन धर्म के पहले तीर्थंकर ऋषभदेव की निर्वाण-स्थली है कैलास। इसे 'अष्टपद' भी कहते हैं; क्योंकि जैन मानते हैं कि ऋषभदेव ने आठ पग में इसकी परिक्रमा की थी।

बौद्ध धर्म में बुद्ध का अलौकिक रूप 'डैमचौक' कैलास पर ही पाया जाता है। बुद्ध के इस रूप को 'धर्मपाल' कहते हैं। बौद्ध कैलास को 'कांग रिनपोचे' मानते हैं। 'कांग रिनपोचे' का मतलब है—आध्यात्मिक सुख की प्राप्ति। तिब्बत में मान्यता है कि मानसरोवर के पास ही भगवान् बुद्ध महारानी माया के गर्भ में आए थे।

'बोनपाओ' बुद्ध से पहले तिब्बतियों का धर्म था। उसके अनुसार, कैलास नौ मंजिला स्वस्तिक शिखर है, जिसके जरिए उनके पंथ-प्रवर्तक धरती पर उतरे थे। इस पर्वत के चारों तरफ दिव्य शक्ति और आध्यात्मिकता की तरंगें उठती हैं। उनकी मान्यता जो भी हो, कैलास की परिक्रमा में इसे सहज महसूस किया जा सकता है।

PULL
FOR
AIR

सबसे पहले ऋषि मांधाता इस पवित्र भूमि पर आए थे। आदि शंकराचार्य ने अपना शरीर कैलास पर ही छोड़ा था। गुरु नानक देवजी भी इस पर्वत पर ध्यान लगा चुके हैं। स्वामीनारायण संप्रदाय के स्वामीनारायण का ईश्वर से यहीं सामना हुआ था। वे उत्तर प्रदेश के गोंडा के छपिया गाँव से सीधे यहीं पहुँचे थे।

'रामायण' और 'महाभारत' में कैलास का जिक्र है। रावण ने इसी जगह शिव की आराधना की थी। वह कैलास पर्वत को उठाकर अपने साथ ले जाना चाहता था। शिव ने बहलाकर उसे ऐसा करने से रोका। अर्जुन ने भी इसी पर्वत पर तपस्या कर भगवान् शंकर से पाशुपत अस्त्र हासिल किया था। युधिष्ठिर इसी रास्ते स्वर्ग गए थे। जब एक-एक कर उनके सभी साथी इन्हीं रास्ते में छूट गए थे। सिर्फ उनका कुत्ता ही उनके साथ जा पाया था। भस्मासुर यहीं भस्म हुआ था। किसी को भी छूकर भस्म कर देने का वरदान उसे भगवान् शिव ने यहाँ दिया था। वरदान पाते ही वह शिव की ओर दौड़ पड़ा। तब शिव को अपनी जान बचाने के लिए भागना पड़ा। ब्रह्मा के मानस से रचा मानसरोवर यहीं है।

पत्नी की मृत्यु से व्याकुल भगवान् शंकर जब सती का शव लेकर घूम रहे थे तो सती का हाथ यहीं गिरा था, जिससे यह झील बनी। शिव उस वक्त क्रोध से विक्षिप्त हो घूम रहे थे। उनके क्रोध को देख देवताओं को लगा, अब महाविनाश होगा। ब्रह्मा ने विष्णु को उनके पीछे भेजा, ताकि सती का शव किसी तरह उनसे अलग किया जाए। सती के अंग गलाए जाएँ, क्योंकि शव के रहते शिव का क्रोध शांत नहीं हो पा रहा था। इसलिए यह जगह शक्तिपीठों में भी शुमार है। कैलास पर कभी पर्वतारोहण नहीं हुआ। लोग इस पर्वत पर चढ़ते नहीं, सिर्फ परिक्रमा होती है। यह पर्वत पूजनीय है। इस पर पाँव कैसे रखें? शिव का डर है। वे विध्वंसक हैं। वे न हों तो संसार में अराजकता होगी। बाकी देवता मरते रहते हैं, सिर्फ शिव हैं जो मरते नहीं। वे लोटा भर जल और दो बिल्व पत्र से प्रसन्न होते हैं। घोर नास्तिक भी कैलास जाकर नतमस्तक होता है।

अब सभ्यता की काली छाया मानसरोवर पर भी पड़ने लगी है। यह सरोवर सिकुड़ रहा है। 410 वर्ग किलोमीटर का यह पवित्र सरोवर 10 किलोमीटर तक सिकुड़ गया है। इसे प्रकृति का क्रोध ही मानें। कालिदास होते तो देखते कि उनके हिमालय को क्या हो गया। क्या यह वही हिमालय है, जिसका वर्णन 'रघुवंश' और 'कुमारसंभवम्' में है। सभ्यता वहाँ पहुँच चुकी है, इसलिए हिमालय के दिव्य आकार में भयानक उत्पात भी होता दिखता है।

अनहद

कैलास की यात्रा में एक प्रश्न बार-बार जेहन में कौंधता रहा कि आखिर शिव में ऐसा क्या है? जो उत्तर में कैलास से लेकर दक्षिण में रामेश्वरम् तक वे एक जैसे पूजे जाते हैं। उनके व्यक्तित्व में कौन सा चुंबक है, जिस कारण समाज के भद्रलोक से लेकर शोषित, वंचित, भिखारी तक उन्हें अपना मानते हैं? वे सर्वहारा के देवता हैं। उनका दायरा इतना व्यापक क्यों है?

राम का व्यक्तित्व मर्यादित है, कृष्ण का उन्मुक्त और शिव असीमित व्यक्तित्व के स्वामी। वे आदि हैं और अंत भी। शायद इसीलिए बाकी सब देव हैं। केवल शिव महादेव। वे उत्सवप्रिय हैं। शोक, अवसाद और अभाव में भी उत्सव मनाने की उनके पास कला है। वे उस समाज में भरोसा करते हैं, जो नाच-गा सकता हो। यह शैव परंपरा है। जर्मन दार्शनिक फ्रेडरिक नीत्शे कहते हैं, ''उदास परंपरा बीमार समाज बनाती है।'' शिव का नृत्य श्मशान में भी होता है। श्मशान में उत्सव मनाने वाले वे अकेले देवता हैं। तभी तो पं. छन्नूलाल मिश्र भी गाते हैं—''खेलै मसाने में होरी दिगंबर खेलै मसाने में होरी। भूत, पिशाच, बटोरी दिगंबर खेलै मसाने में होरी।'' यह गायन लोक का है।

सिर्फ देश में ही नहीं, विदेश में भी शिव की गहरी व्याप्ती है। साठवें दशक में हिप्पी संस्कृति अमेरिका से भारत आई। हिप्पी आंदोलन की नींव यूनानियों के प्रति-संस्कृति आंदोलन में देखी जा सकती है। पर हिप्पियों के आदि देवता शिव हमारे यहाँ पहले से ही मौजूद थे। या यों कहें, शिव आदि हिप्पी थे। अधनंगे, मतवाले, नाचते-गाते, नशा करते भगवान् शंकर। इन्हें भंगड़, भिक्षुक, भोला-भंडारी भी कहते हैं। आम आदमी के देवता, भूखे-नंगों के प्रतीक। वे हर वक्त सामाजिक बंदिशों से आजाद होने, खुद की राह बनाने और जीवन के नए अर्थ खोजने की चाह में रहते हैं।

यही मस्तमौला हिप्पीपन उनके विवाह में अड़चन था। देवी के पिता इस हिप्पी से बेटी ब्याहने को तैयार नहीं थे। कोई भी पिता किसी भूखे, नंगे, मतवाले से बेटी ब्याहने की इजाजत कैसे देगा। शिव की बारात में नंग-धड़ंग, चीखते-चिल्लाते, पागल, भूत-प्रेत, मतवाले सब थे। लोग बारात देख भागने लगे। शिव की बारात ही लोक में उनकी व्याप्ति की मिसाल है।

हमारी परंपरा में, विपरीत ध्रुवों और विषम परिस्थितियों में भी अद्‌भुत सामंजस्य बिठानेवाला उनसे बड़ा कोई दूसरा भगवान् नहीं है। मसलन, वे अर्धनारीश्वर होकर भी काम पर विजेता हैं। गृहस्थ होकर भी परम विरक्त हैं। नीलकंठ होकर भी विष से अलिप्त हैं। उग्र होते हैं तो तांडव, नहीं तो सौम्यता से भरे भोला भंडारी। परम क्रोधी पर दयासिंधु भी शिव ही हैं। विषधर नाग और शीतल चंद्रमा दोनों उनके आभूषण हैं। उनके पास चंद्रमा का अमृत है और सागर का विष भी। वे ऋद्धि-सिद्धि के स्वामी होकर भी उनसे अलग हैं। साँप, सिंह, मोर, बैल, सब आपस का वैर भाव भुला समभाव से उनके सामने हैं। वे समाजवादी व्यवस्था के पोषक। वे सिर्फ संहारक नहीं, कल्याणकारी, मंगलकर्ता भी हैं। यानी शिव विलक्षण समन्वयक हैं, महान् कोऑर्डिनेटर।

शिव गुटनिरपेक्ष हैं। सुर और असुर दोनों का उनमें विश्वास है। राम और रावण दोनों उनके उपासक हैं। दोनों गुटों पर उनकी समान कृपा है। आपस में युद्ध से पहले दोनों पक्ष उन्हीं को पूजते हैं, इसलिए दक्षिण में भी वैसे ही पूजे जाते हैं जैसे उत्तर में। लोक-कल्याण के लिए वे हलाहल पीते हैं, जो हर किसी को अप्रिय है। वह उन्हें प्रिय है। वे डमरू बजाएँ तो प्रलय होता है। लेकिन प्रलयंकारी इसी डमरू से ही संस्कृत व्याकरण के चौदह सूत्र निकलते हैं। इन्हीं माहेश्वर सूत्रों से दुनिया की कई दूसरी भाषाओं का जन्म हुआ।

आज पर्यावरण बचाने की चिंता विश्वव्यापी है। शिव पहले पर्यावरण-प्रेमी हैं। पशुपति हैं। निरीह पशुओं के रक्षक हैं। आर्य जब जंगल काट बस्तियाँ बसा रहे थे। खेती के लिए जमीन तैयार कर रहे थे। दूध के लिए गाय को तो दुह रहे थे पर बछड़े का मांस खा रहे थे, तब शिव ने बूढ़े बैल नंदी को वाहन बनाया। साँड़ को अभयदान दिया। जंगल कटने से बेदखल साँपों को आश्रय दिया।

कोई उपेक्षितों को गले नहीं लगाता; महादेव ने उन्हें गले लगाया। श्मशान, मरघट में कोई नहीं रुकता; शिव ने वहाँ अपना ठिकाना बनाया। जिस कैलास पर ठहरना कठिन है, जहाँ कोई वनस्पति नहीं, प्राणवायु नहीं, वहाँ उन्होंने धूनी लगाई। दूसरे सारे भगवान् अपने शरीर के जतन के लिए न जाने क्या-क्या द्रव्य लगाते हैं; शिव केवल भभूत का इस्तेमाल करते हैं। उनमें रत्ती भर लोक-दिखावा नहीं है। बाकी के देवता अपनी पोशाक पर बहुत खर्च करते हैं। पर भोलेनाथ का काम सिर्फ व्याघ्रचर्म से ही चलता है। शिव उसी रूप में विवाह के लिए जाते हैं, जिसमें वे हमेशा रहते हैं। वे साकार हैं, निराकार भी। इस सबसे अलग डॉक्टर लोहिया उन्हें गंगा की धारा की राह बनानेवाला अद्वितीय इंजीनियर मानते थे।

शिव न्यायप्रिय हैं। मर्यादा तोड़ने पर दंड देते हैं। काम बेकाबू हुआ तो उन्होंने उसे भस्म किया। अगर किसी ने अति की तो उसे ठीक करने के लिए उनके पास तीसरी आँख भी है। तिब्बती लोग तो कैलास पर्वत में ही बाकायदा तीसरी आँख बतलाते हैं। दरअसल, तीसरी आँख सिर्फ 'मिथ' नहीं है। आधुनिक शरीर-शास्त्र भी मानता है कि हमारी आँखों की दोनों भृकुटियों के बीच एक ग्रंथि है और वह शरीर का सबसे संवेदनशील हिस्सा है। रहस्यपूर्ण भी। इसे 'पीनियल ग्रंथि' कहते हैं। यह हमेशा सक्रिय नहीं रहती, पर इसमें संवेदना ग्रहण करने की अद्‌भुत ताकत है। इसे ही शिव का तीसरा नेत्र कहते हैं, जिसके खुलने पर प्रलय होगा ऐसी अनंत काल से मान्यता है। सृष्टि भी इसी इकबाल से चल रही है।

शिव का व्यक्तित्व विशाल है। वे काल से परे महाकाल हैं। सर्वव्यापी हैं। सर्वग्राही हैं। सिर्फ भक्तों के नहीं, देवताओं के भी संकटमोचक हैं, उनके ताकतवर 'ट्रबल शूटर' हैं। शिव का पक्ष सत्य का पक्ष है। उनके निर्णय लोक-मंगल के हित में होते हैं। जीवन के परम रहस्य को जानने के लिए शिव के इन रूपों को समझना जरूरी होगा। क्योंकि शिव उस आम आदमी की पहुँच में हैं, जिसके पास मात्र एक लोटा जल है। शायद इसीलिए उत्तर में कैलास से दक्षिण में रामेश्वरम् तक उनकी व्याप्ती और श्रद्धा एक सी है।

शिव के नटराज रूप की परिकल्पना भले दक्षिण भारत से आई हो, पर शिव का महानृत्य पहली बार कैलास पर्वत पर ही हुआ। मान्यता है कि शंकर का नृत्य ही सृष्टि विधान है। जगत् की रक्षा के लिए शिव हर संध्या को नृत्य किया करते थे। उस समय सभी देव, यक्ष, किन्नर आदि उनकी सेवा में उपस्थित रहते थे। एक शंकर की पूजा से सबकी पूजा हो जाती थी। 'नटराज सहस्रनाम' व 'प्रदोषस्तोत्रम्' में इसका वर्णन है। कैलास पर्वत पर ही शैलपुत्री को रत्नजड़ित सिंहासन पर बिठाकर शिव जब नृत्य की अभिलाषा करते, तब सभी देवगण उनकी सेवा में उपस्थित होते। वाग्देवी हाथ में वीणा और इंद्र वेणु के साथ आते। ब्रह्मा करतल से ताल जगाते। भगवती रमा का गायन होता। विष्णु स्निग्ध मृदंग-वादन में अपनी पटुता दिखाते और शिव डमरू बजाते हुए जो नृत्य शुरू करते तो आसमान से पुष्पवर्षा शुरू हो जाती।

अनवरत

तो तय हुआ, नटराज शिव के पास जाना है। फिर क्या ले जाना और क्या वापस लाना! मन तो कहता है, सब वहीं छोड़ आएँ। फिर भी, घर में तैयारियाँ युद्ध स्तर पर थीं। मेरे लिए शून्य से कम तापमान में पहनने वाले जैकेट और पैंट लाए गए। सिर पर बाँधनेवाली टॉर्च। बिना बिजली के मोबाइल चार्ज करनेवाला यंत्र। बर्फबारी में पहननेवाली बरसाती। वाटरप्रूफ जूता, टोपी, मोजे, चश्मा और न जाने क्या-क्या! ऊँचाई पर काम आनेवाली दवाइयाँ। हाथ और पैर गरम करनेवाले रासायनिक पाउच, जिन्हें सिर्फ जेब में रखकर गरमी महसूस की जा सकती है। पत्नी-बच्चों ने ये सब सामान बाँध हमें दिल्ली से लखनऊ रवाना किया, मानो एडमंड हिलेरी और तेनजिंग नोर्गे के बाद मैं ही हिमालय पर जा रहा हूँ। हाई अल्टीट्यूड में सिकनेस की दवाइयाँ। मसलन रक्त पतला करनेवाली गोली 'डायमॉक्स' भी साथ रखी। डॉक्टर की राय थी कि अगर सुबह-शाम यह गोली ली गई तो परेशानी ज्यादा नहीं होगी।

लखनऊ से कुछ और मित्र यात्रा में शामिल हुए। हम बहराइच के रास्ते नेपालगंज पहुँच गए। नेपालगंज नेपाल का माओवादी असरवाला इलाका था। उस रोज वहाँ माओवादियों की नाकेबंदी थी। सारे रास्ते बंद। हमारे साथ एक रसूखदार मित्र थे। उनकी रक्षा में पुलिस थी। लोगों ने बताया कि पुलिस देख माओवादी और भड़कते हैं। संयोग से एक पुराने मित्र, जो पहले स्थानीय पत्रकार थे, अब माओवादियों के एरिया कमांडर हैं। वे मुझे मिल गए। बड़ी आवभगत की। अपने साथ वे हमें होटल तक सुरक्षित पहुँचा गए।

मैं अतिवादी नहीं हूँ। पर न जाने कैसे यह अति हो गई। कैलास मानसरोवर की सरकारी यात्रा 26 दिनों की होती है। नेपाल के रास्ते कुछ टूर ऑपरेटर पंद्रह रोज में 'लैंडक्रूजर' गाड़ियों से यात्रा कराते हैं। पर हमने महज पाँच रोज में यात्रा करने की ठानी। नेपाल की एक टूरिस्ट एजेंसी की मदद से। सात सीटोंवाले एक चार्टेड हेलीकॉप्टर के जरिए। हेलीकॉप्टर को हमें तिब्बत के हिलसा तक ले जाना था और वहीं से लौटाकर नेपालगंज वापस छोड़ना था। हिलसा से आगे तीन घंटे की यात्रा 'लैंडक्रूजर' गाड़ियों से तय करनी थी। यात्रा के बाकी सामान, टेंट, खाने-पीने की वस्तुएँ, खानसामा और गाइड हमें तकलाकोट में मिलने वाले थे। यह टीम अलग काठमांडू से हमारे ग्रुप के लिए ही चली थी।

दूसरे रोज अल-सुबह हम नेपालगंज हवाई अड्डे पर थे। हमारे लिए सात सीटोंवाला एक 'बेल हेलीकॉप्टर' खड़ा था। मौसम खराब था। इसलिए नेपालगंज से सिमिकोट के लिए हेलीकॉप्टर देर से उड़ा। सिमिकोट नेपाल-तिब्बत सीमा पर दुर्गम इलाके में 10 हजार फीट की ऊँचाई पर छोटा सा गाँव है।

हेलीकॉप्टर के पायलट कैप्टन प्रधान को उड़ान का खासा अनुभव था। वे आदमी भी अच्छे थे। लेकिन मेरी चिंता कुछ और थी। हेलीकॉप्टर में वे अकेले पायलट थे। क्योंकि सह-पायलट की सीट पर हमारे सातवें साथी सवार थे। इसलिए हेलीकॉप्टर सह-पायलट के बिना उड़ा। हरे पेड़ों से लदी पर्वत-शृंखलाओं को पार करते हम दो घंटे बाद सिमिकोट के ऊपर थे।

दस हजार फीट की ऊँचाई पर सिमिकोट नाम के इस छोटे से गाँव में एक कच्ची हवाई पट्टी थी। बारह सीटोंवाले छोटे जहाज यहाँ आते हैं। यही जहाज इनके खाने-पीने का सामान लाने और बाहरी दुनिया से इस गाँव के संपर्क का जरिया हैं। वरना सौ घरों की इस बस्ती में दोनों तरफ (नेपाल और तिब्बत) सात रोज पैदल चलने के बाद ही बाजार मिलते हैं। राशन या तो नेपाल से जहाज में आता है या फिर तिब्बत से खच्चरों के जरिए। खच्चर तकलाकोट से सात रोज में दुर्गम पहाड़ियाँ पार कर यहाँ तक पहुँचते हैं।

सिमिकोट कहने को नेपाल में था। वहाँ नेपाल के बजाय चीन की सुविधाएँ ज्यादा थीं। नेपाल में रहते हुए वह गाँव नेपाली सभ्यता से कटा था। हमें हवाई अड्डे के कंट्रोल टावर के पास ही लकड़ी के बने एक अतिथिगृह में ठहराया गया। अब क्या करना है? मेरे इस सवाल पर कैप्टन प्रधान ने कहा हम कल सुबह चलेंगे। फिलहाल आप लोग यहीं आराम करें।

Tara Air

WFP

''आखिर क्यों हम कल तक का वक्त बरबाद करें? आज ही क्यों न चलें?'' हमने पूछा।

प्रधान बोले, ''पहले इस ऊँचाई से आपके शरीर का तालमेल बैठ जाए, फिर आगे चलेंगे।''

''पर हमें तो अभी कोई परेशानी नहीं है। हम वैसे ही हैं। आगे भी चल सकते हैं।''

हँसते हुए प्रधान बोले, ''परेशानी बढ़ सकती है।'' यह कह वे आराम करने चले गए।

तभी बारी-बारी से हम सभी के सिर भारी होने लगे। साँस लेने में ताकत लगने लगी और लगा कि साँस लेने से फेफड़ों की प्यास बुझ नहीं रही है। कैप्टन को बुलाया गया। उन्होंने हमें दवाई दी और सलाह दी कि लंबी-लंबी साँस लीजिए। शाम तक फेफड़े अभ्यस्त हो जाएँगे। अब हम सब कैप्टन के प्रति अपनी कृतज्ञता ज्ञापित कर रहे थे। यहाँ रुकने का प्रयोजन पता चल चुका था। रात तक हम प्रकृतस्थ हो गए थे।

दूसरे रोज सुबह हम सिमिकोट से हिलसा के लिए उड़े। हिलसा चौदह हजार फीट पर था। ऊँचाई ज्यादा थी, इसलिए हेलीकॉप्टर पूरी क्षमता से नहीं उड़ सकता था। तीन और चार के ग्रुप में हम बारी-बारी से वहाँ पहुँचाए गए।

हिलसा पचास घरों का छोटा सा अस्थायी गाँव है। अस्थायी इसलिए कि सर्दियों में जब यहाँ बर्फ पड़ती है तो सभी गाँववाले सिमिकोट चले जाते हैं। एक पतली लेकिन हाहाकारी नदी करनाली हिलसा में नेपाल और तिब्बत की सीमा बनाती है। नदी के उस पार चीन है। दोनों को जोड़नेवाला लक्ष्मण झूला जैसा एक पुल है। इस पुल को पैदल पार करना होता है। करनाली नदी मानसरोवर से निकलती है। पूरा नेपाल पार करते हुए जब भारत में पहुँचती है तो सरयू कही जाती है। यही अयोध्या के बाद घाघरा बन जाती है। यानी मानसरोवर से निकलकर बलिया के पास गंगा में मिलते-मिलते यह नदी तीन नामों से जानी जाती है।

हुम्ला विमान
स्थल
हुम्ला विमानस्थल
तपाईहरुको हार्दिक
स्वागत गर्दछ।

हम हिलसा में थे। हिलसा में सब टुन्न थे, परम बुद्धत्व को प्राप्त। कस्बे के लगभग सभी घर यहाँ चाय-नाश्ते की दुकान चलाते हैं या ऊन बेचते हैं। हेलीकॉप्टर से आनेवाले तीर्थयात्रियों के लिए लकड़ी की आग पर बनाई गई चाय और भोजन से ही इनकी आजीविका है। महिलाएँ दुकान सँभालती हैं और पुरुष नेपाल व चीन के सीमांत सम्मोहन से ऊपर उठ परम टुन्न। दूसरे साथियों के इंतजार में हमें यहाँ चाय-नाश्ता करना पड़ता है। सबके आने के बाद हम पैदल पुल पार कर चीन के तकलाकोट पहुँचते हैं।

तकलाकोट शहर तो यहाँ से दूर है, पर सीमा चौकी पास ही है, जहाँ कस्टम और आव्रजन की जाँच होती है। हमारे पासपोर्ट और परमिट देखे जाते हैं। हमारी घड़ियों की सुई ढाई घंटे आगे बढ़ा दी गई, क्योंकि वहाँ का टाइम जोन हमसे ढाई घंटे आगे है। किसी के पास भारतीय मुद्रा और सीमांत क्षेत्र में खींची गई फोटो तो नहीं है—इसकी भी जाँच हुई।

चीन में भारतीय मुद्रा नहीं ले जा सकते। चीनी पुलिसवालों के साथ हमारा पहला अनुभव अच्छा नहीं था। वे सख्त, बेरहम और बदजुबान थे। एक ने मेरे पास किताबें देख पूछा, दलाई लामा का फोटो तो नहीं है। मैंने कहा, किताब में नहीं, दिल में है। अब वह मेरी ओर खीझ से देख रहा था। दलाई लामा के चित्रों पर चीन में पाबंदी है। अगर आप दलाई लामा के चित्रों का सार्वजनिक प्रदर्शन करें तो दस साल की सजा का प्रावधान है।

हम चीन-शासित तिब्बत में थे। हमारे ड्राइवर तिब्बती थे। भाषा की समस्या थी। हमें देखते ही वे चीखे, 'बम भोले', 'हर-हर महादेव'! सिर्फ इतनी ही हिंदी वे जानते थे। तिब्बत पर पाँव रखते ही अहसास हुआ, अरे, ये तो हमारे सारनाथ जैसा है। स्थानीय लोगों का व्यवहार बड़ा आत्मीय था। यहाँ भाषा फेल थी। न हिंदी, न अंग्रेजी, बातें आँखों और इशारों से हो रही थीं। भाषा के नाम पर गाँव के बच्चे, बाजारवाले सभी नारे लगाते हैं—'ॐ नमः शिवाय'। तकलाकोट चीन का सीमांत शहर है। सुरक्षा के नाम पर काफी संवेदनशील। हमें थोड़ी-थोड़ी दूर पर सैन्य चौकियाँ दिख रही थीं। यहाँ के सरकारी रेस्ट हाउस में हमारे ठहरने का इंतजाम था। छह से सात हजार की आबादी है इस शहर की। तिब्बती, नेपाली, भारतीय सबके बाजार हैं यहाँ। भारतीय व्यापारियों का कभी यहाँ वर्चस्व हुआ करता था। 1962 की लड़ाई के बाद उनका आना-जाना बंद हुआ। लेकिन यहाँ अभी भी 30-40 दुकानें भारतीय व्यापारियों की हैं। बाकी दुकानें चीनी और नेपाली लोगों की हैं।

तकलाकोट कस्टम ने यहाँ फिर से हमारा पासपोर्ट और परमिट जाँचा, तब हमें आगे जाने की इजाजत दी। यहीं हमें काठमांडू से आए गाइड और खानसामा मिले। अपने ट्रक के साथ। ट्रक में पूरा किचन था। खाने के सभी सामान, बरतन, पीने का पानी था। सबके लिए दवाइयाँ, ऑक्सीजन सिलेंडर और खासतौर पर बनी जैकेट भी इसमें थीं। रात का खाना इन्हीं लोगों ने बनाया। नेपाली गाइड हमें समझा रहा था कि खाने के लिए किसी चीनी दुकान में न जाएँ। न जाने क्या खिला दें—कुत्ता, बिल्ली, बंदर? तिब्बती ड्राइवर गुंफा दोरजी बातचीत में चीनी प्रभाव के खिलाफ आक्रोश प्रकट कर रहा था। उसकी जिज्ञासा दलाई लामा और भारत में रह रहे तिब्बतियों का हाल जानने की थी। हमने भारत में तिब्बतियों के प्रति अपने प्रेम की जानकारी उन्हें दी। उनसे हमारी मित्रता अब आत्मीयता के स्तर पर थी।

यहाँ भी वही स्थिति। सूर्य अस्त। पहाड़ मस्त। शहर में काफी गंदगी है। हमारे लिए पीने के नाम पर चाय थी। पर सावधान। तिब्बती चाय नमकीन होती है और ऊपर से उसमें याक के दूध का मक्खन भी डाल देते हैं। पूरी यात्रा में सिर्फ एक बार मैंने यह चाय पी। वह भी तिब्बतियों से भाईचारा दिखाने के लिए नाक बंद कर पीनी पड़ी। भारत में उत्तराखंड के धारचूला के जरिए जो सरकारी यात्रा आती है, वह भी सबसे पहले तकलाकोट ही पहुँचती है। इस लिहाज से तकलाकोट भारत की सीमा के सबसे करीब है। इसे आप मानसरोवर यात्रा का सिंहद्वार भी कह सकते हैं।

अचंभा

हमें तकलाकोट के रेस्ट हाउस में ही रात गुजारनी थी। कार से मानसरोवर तक की दूरी यहाँ से सिर्फ डेढ़ घंटे की थी। इसलिए हमने तय किया कि रात मानसरोवर के किनारे कैंप में ही बिताएँगे। क्योंकि मैंने यह पढ़ रखा था कि वहाँ तड़के देवतागण नहाने आते हैं। आकाश में गजब की लीला होती है। शक्ति-पुंज घूमते हैं। माहौल में रहस्य और रोमांच होता है। रात वहीं बिताने के मूल में यही उत्सुकता थी। शाम ढलने के पहले ही हम मानसरोवर के लिए अपनी-अपनी गाड़ियों से निकल पड़े।

पहाड़ों के बीच समतल मैदान में हम चल रहे थे। दूर टीले और टीलेनुमा पहाड़ियाँ थीं। बिना गड्ढे के चौड़ी सड़कें। चिकनी, लेकिन ऊपर चढ़ती-उतरती। इस कारण काफिले की दूसरी गाड़ियाँ कभी-कभी ओझल हो जाती थीं। ऐसी ऊँचाई पर अनंत रेगिस्तान-सा मैदान। अचंभा और कौतुक पैदा कर रहा था। बारीक मिट्टी। न कहीं कोई दर्रा, न गहराई वाली घाटी, न जरा भी ऊँचाई का डर। सर्पीली नदियाँ जरूर साथ-साथ चल रही थीं। एक ओर पहाड़, दूसरी ओर फिरोजी रंग की नदी। यह स्वर्ग का रास्ता था।

बाईं तरफ नंदादेवी, धौलागिरि और त्रिशूल पहाड़ियाँ दिख रही थीं। इन पहाड़ियों के उस पार भारत था। लगभग दो घंटे चलने के बाद यकायक ड्राइवर ने कहा, बाईं ओर देखिए। बाहर देखते ही मैं सन्न रह गया। लगा—सपना सच हो गया। अरे, यह क्या! सामने श्वेत-शुभ्र, उज्ज्वल-धवल कैलास था। ड्राइवर ने गाड़ी रोक दी। सब उतर पड़े। फोटो खींचते रहे। वहाँ से हटने को कोई तैयार नहीं था। ड्राइवर ने चेतना को झकझोरा, आगे चलिए, और बेहतर दिखेगा।

दूसरी ओर सड़क के नीचे राक्षसताल था। पंद्रह हजार फीट की ऊँचाई पर इस ताल में न पूजा हो सकती है, न आचमन। दोनों वर्जित हैं। तिब्बत में मान्यता है कि यहाँ बुरी आत्माएँ रहती हैं। गाइड ने बताया, यहीं रावण ने तपस्या की थी। तपस्या कर शिव से वरदान माँगा कि वह कैलास को लंका ले जाएगा। देवता परेशान हो गए। अब शिव के दर्शन के लिए लंका जाना पड़ेगा। देवताओं ने एक षड्यंत्र किया। जब रावण कैलास उठाकर लंका की तरफ बढ़ने लगा तो उसे तीव्र लघुशंका लगी। रावण ने पास खड़े गणेश को कैलास थमाया और कहा, इसे तब तक भूमि पर न रखें जब तक वह निवृत्त न हो जाए। रावण को निवृत्त होने में घंटों लग गए। गणेश थक रहे थे। थककर कैलास को जमीन पर रख दिया। जो रखा तो वहीं रह गया।

रावण को कैलास उठाने का वरदान सिर्फ एक ही बार का था। इसलिए कैलास लंका जाने से बच गया। राक्षसताल उसी रावण का बनाया है। इसलिए अपवित्र है। राक्षसताल के बाबत बेहद रोचक दंतकथाएँ और मान्यताएँ यहाँ प्रचलित हैं। राक्षसताल दो सौ पच्चीस वर्ग किलोमीटर क्षेत्र में फैला है। एक छोटी नदी 'गंगा-छू' दोनों झीलों को जोड़ती है। इस झील का रंग भी काला है। काला रंग विष का प्रतीक है। यह ईश्वर की लीला है। मानसरोवर अमृत है। राक्षसताल विष। कैलास शिव का घर है और शिव विषधारी। वैज्ञानिक भी राक्षसताल को विषैला इसलिए मानते हैं कि इसमें मिनरल्स का स्तर काफी ऊँचा है। रात के आठ बजे थे। पर कैलास और राक्षसताल दोनों चमक रहे थे। मानसरोवर में उजाला रात नौ बजे तक रहता है। वक्त अब छँट रहा था। मनुष्य की बनाई सभ्यता हमसे पीछे छूट रही थी। सामने गुरला मांधाता पर्वत था। राजा मांधाता ने ही सबसे पहले मानसरोवर की खोज कर उसके तट पर तपस्या की थी। इसलिए इस पर्वत को मांधाता कहते हैं।

अरे, यह तो मानसरोवर है! हम मानसरोवर के सामने थे। अद्‌भुत! अपूर्व! अलौकिक!! हमारे होशो-हवास गुम। इसकी तुलना किसी से नहीं की जा सकती। एक आश्चर्य लोक। चारों ओर पहाड़, बीच में यह अपार जलराशि। दूर क्षितिज पर आकाश से झील जुड़ती नजर आ रही थी। मैं अवाक् एकटक घंटों मानसरोवर के किनारे खड़ा उसे अपलक निहारता रहा। तभी नेपाली गाइड शेरपा ने हमें सचेत किया, ''ठंड बहुत है, जैकेट पहनिए।'' मैं लहरों के उठने और गिरने में अपनी सुध-बुध खो रहा था। लहरों के साथ किनारे आती सुनहरी मछलियाँ तट की सुंदरता को बढ़ा रही थीं। मानसरोवर में मछलियाँ मारना मना है। लेकिन लहर जब वापस जाती तो कुछ मछलियों को तट पर छोड़ जाती। लोग उन्हें बटोरकर अपने घर में रखते हैं। शुभांकर हैं और सूखी मछलियाँ ठंड से भी बचाती हैं।

हवा तेजी से चुभ रही थी। हड्डियाँ कड़कड़ा रही थीं। शून्य से कम तापमान होने के कारण खास तौर पर बनी जैकेट हमें पहनाई गई। कोई 20 किलो से ज्यादा वजन के कपड़े मैंने पहने हुए थे। फिर भी ठंड का असर कम नहीं हो रहा था। मानसरोवर के इस किनारे को जैदी कैंप कहते हैं। यहाँ एक-एक कमरे की सरायनुमा कॉटेज बनी थीं। यहीं ऋषिकेश वाले चिदानंद मुनिजी का भी आश्रम है। वे अकेले भारतीय हैं, जिन्हें चीन सरकार ने आश्रम बनाने की इजाजत दी है। यहाँ कुछ दुकानें भी थीं, जहाँ याक का सूखा मांस छत से टँगा लटक रहा था। उसके टुकड़े को स्थानीय लोग टॉफी की तरह चूसते हैं। याक का मांस गरम होता है। ठंड से निजात मिलती है।

कैंप के हर कमरे में तीन चारपाइयाँ थीं। जैसे ही हम अपने कमरे में गए, सभी को कुछ-न-कुछ परेशानी शुरू होने लगी। किसी को माइग्रेन, किसी को चक्कर और बेचैनी, किसी को साँस लेने में तकलीफ। सिरदर्द के साथ मेरी भी समझने की क्षमता कम हो रही थी। जैकेट, टोपी, मफलर, दस्ताने पहने-पहने मैं छह-सात कंबल एक साथ ओढ़कर लेट गया। गाइड शेरपा आया। उसने फौरन एक ऑक्सीजन सिलेंडर दिया। मुँह से ऑक्सीजन लिया। शेरपा ने पैर, कनपटी और हथेली में तिब्बत की जड़ी-बूटी से बना कोई गाढ़ा तेल रगड़ा। इस तेल से जादू की तरह चेतनता वापस आई। पास के कमरे में खाना बनना शुरू हो गया था। हमारे साथ चल रहे रसोइए ने हमें तिब्बती सूप पिलाया।

अब भी कुछ मित्रों की साँसें उखड़ रही थीं। वे सब रजाई में ऑक्सीजन सिलेंडर लिये पड़े थे। बाहर भयानक ठंड थी। हिम्मत नहीं हुई कि खाना खाने बाहर जाया जाए। गाइड ने कहा, हम खाना यहीं ले आते हैं। उसका कहना था, न खाने से परेशानी बढ़ सकती है। इसलिए हमने सिर्फ खिचड़ी खाने का फैसला किया, वह भी रजाई ओढ़कर। गाइड ने निर्देश दिया कि रात में अकेले बाहर न निकलें। टॉयलेट के लिए भी समूह में जाएँ। छड़ी हाथ में जरूर रखें, क्योंकि यहाँ के कुत्ते खतरनाक हैं।

लेकिन हमें तो ब्राह्म मुहूर्त में मानसरोवर का रहस्य जानना था। इसे लेकर कुतूहल मन में था। इस बेचैनी से नींद भी नहीं आ रही थी। मैं तड़के का इंतजार करता रहा। रात कोई साढ़े तीन बजे उठा। कैमरा लिया और कमरे के बाहर निकला। सामने ही पवित्र मानसरोवर था। थके-माँदे सभी सो रहे थे। निपट अकेला ही मैं मानसरोवर की ओर बढ़ा। कोई पचास कदम चलने के बाद सरोवर के किनारे था। नीला पारदर्शी जल, हमारी सभ्यता का पवित्रतम जल। उसे सिर पर रखा। आचमन किया। सामने चमक रहे कैलास को प्रणाम किया और मंत्रमुग्ध-सा खड़ा देखता रहा। इस सन्नाटे का भी एक संगीत था, जिसका सुंदर वर्णन रामायण, महाभारत और स्कंदपुराण में मिलता है। बाणभट्ट की 'कादंबरी', कालिदास के 'रघुवंश' और 'कुमारसंभव' के अलावा संस्कृत व पालि ग्रंथों में भी इसके सौंदर्य का अपूर्व वर्णन है।

आकाश में तारे इतने चमकीले थे कि बिना चंद्रमा के तारों की रोशनी से मानसरोवर चाँदी-सा दिख रहा था। प्रतिपल हर कोण से सरोवर का रंग बदल रहा था। उत्तेजना में कभी मैं कैमरे की आँख से मानसरोवर देखता, कभी नंगी आँखों से। दादी से सुन रखा था कि देर रात यहाँ देवता, ऋषि और अप्सराएँ आती हैं। मैं लगातार दबे पाँव उनका इंतजार कर रहा था। थोड़ी देर में झील सुनहरे रंग की हो गई। मैं चमत्कृत था। आपे में नहीं था।

तभी कोई ज्योति-पुंज दिखा। दूर ढेर सारे लोगों की आहट सुनाई पड़ी। पर दिख कोई नहीं रहा था। मैं सन्न, स्तब्ध खड़ा रहा। तापमान शून्य से नीचे। चुभती हवा, जकड़ती ठंड। लेकिन ठंड की जरा भी परवाह नहीं। लग रहा था, न जाने क्या पा लिया! किनारे खड़ा सोचता रहा—क्या करूँ? कैसे समेटूँ इस आनंद को? कुछ समझ नहीं आ रहा था। जैसे किसी कँगले को खजाना मिल गया हो। लगा, कोई उत्सव हो रहा है यहाँ।

मैंने क्या देखा, क्या अनुभव किया, इसे व्यक्त करना मुश्किल है, वर्णनातीत है। बिलकुल निःशब्द।

अब तक सूरज निकल आया था। धूप की चमक सरोवर के रंग को और गाढ़ा बना रही थी। मैं पीछे मुड़ा तो होश उड़ गए। देखा—कुत्तों का एक झुंड मेरे पीछे खड़ा था। मैं डर गया। अब क्या होगा? जाते वक्त मानसरोवर का ढेर सारा साहित्य पढ़कर गया था। उसके मुताबिक, यहाँ के कुत्ते मांसाहारी होते हैं। चुपचाप चोरी से हमला करते हैं। पर ये सारे कुत्ते धीर-गंभीर, दार्शनिक मुद्रा में एकदम शांत खड़े थे।

पहली बार लगा, ज्ञान मनुष्य को डरपोक बनाता है और अज्ञान के आगे डर लाचार होता है। मैं पीछे मुड़ पाँव धीरे-धीरे खिसकाने लगा। मुझे मालूम था, तिब्बत में मृत मनुष्य के अंतिम संस्कार में उसे जलाते नहीं। मृत्यु के बाद उसकी देह को लामा लोग टुकड़े-टुकड़े काट पहाड़ों पर फेंक देते हैं गिद्ध और दूसरे पक्षियों के लिए। इतनी ऊँचाई पर पक्षी कहाँ मिलें, सो अकसर यह मांस कुत्ते ही खाते हैं। इसलिए उन्हें आदमी का मांस खाने की आदत पड़ जाती है। इस तथ्य को याद कर मेरी हवा और भी खराब हो रही थी।

इस उधेड़बुन में मैं सरकते-सरकते लगभग तीस कदम तक पीछे हट चुका था। अब गंतव्य तक पहुँचने के लिए कोई बीस कदम और बचे थे। यकायक मैं पीछे मुड़ा और उसैन बोल्ट की गति से जान हथेली पर रखकर दौड़ा। देखा, सामने गाइड खड़ा था। वह मजे लेने के अंदाज में बोला, ''मैंने कहा था न कि बाहर अकेले न जाएँ।'' कमरे में पहुँचते ही मुझे लगा, जान बची तो लाखों पाए। मेरी साँस तेजी से फूल रही थी। जान बचने के अहसास से बड़ी राहत मिली।

इस हादसे के डर से मैं अभी उबरा ही था कि दूसरी जबरदस्त समस्या का सामना करना पड़ा। इस कैंप में निपटने-नहाने का कोई इंतजाम नहीं था। सब खुला खेल था। इस इलाके में सुबह के वक्त निवृत्त होना मानो युद्ध जीतने जैसा था। यहाँ कच्चे भारतीय संडास बनाए गए थे, जिस पर छत नहीं थी। सभी लाइन से बने थे। एक-दूसरे से कोई आड़ भी नहीं थी। हम भारतीयों को लाइन लगाने की आदत तो होती है, पर इस काम के लिए मुझे लाइन में बैठना ठीक नहीं लगा। मैंने सोचा, इससे तो बेहतर है निछद्म खुले में निपटा जाए। पर यह भी उतना आसान नहीं था। तेज बर्फीली हवाओं के बीच जैकेट, टोपी, मफलर, दस्ताना, जूता पहन दो पत्थरों पर संतुलन बनाकर बैठना किसी सर्कस से कम नहीं था।

बर्फ से पगी तूफानी हवाएँ शरीर में पिन की तरह चुभ रही थीं। पहने हुए कपड़ों का अपार बोझ। तूफानी हवा। कुत्तों का डर। पर क्या करूँ? लक्ष्य भी महान् था। एक साथ इन सारे दबावों में मैं कैसे निवृत्त हुआ, बता नहीं सकता। हाँ, उसके बाद विश्व-विजेता की मुद्रा में जरूर कैंप की तरफ लौटा। इस विजय से लगा, मैं हाथ में तिरंगा लेकर लॉर्ड्स क्रिकेट ग्राउंड का चक्कर लगा रहा हूँ और लोग मेरी जीत पर तालियाँ बजा रहे हैं।

मानसरोवर पर पूड़ी और सब्जी। जबरदस्त बनारसी नाश्ता था। नाश्ते के बाद सभी मित्र सरोवर की ओर चले। किनारे पूजा-अर्चना की तैयारी थी। झील की परिधि सत्तासी किलोमीटर है। कुल तीन सौ पचास किलोमीटर का क्षेत्रफल है इसका। इस झील से चार नदियाँ भी निकलती हैं, जिनका जिक्र हम बाद में करेंगे। हमें सरोवर की परिक्रमा करनी है। पर कैसे? पैदल तो संभव नहीं थी। न ही लोगों की सेहत इजाजत दे रही थी। तय हुआ कि 'लैंडक्रूजर' गाड़ी से ही परिक्रमा होगी। 90 किलोमीटर की। समुद्र-तट से पंद्रह हजार फीट ऊँचाई पर स्थित इस झील की गहराई तीन सौ फीट है। तिब्बती इसे 'त्सो मावांग' कहते हैं। मानव सभ्यता के इतिहास की सबसे पुरानी झील। ऋषि दत्तात्रेय को जब कैलास पर भगवान् शंकर के दर्शन हुए तब उन्होंने शिव से पूछा, संसार का सबसे पवित्र स्थान कौन सा है? शिव ने कहा, सबसे पवित्र हिमालय है, जहाँ कैलास और मानसरोवर हैं। और जो मानसरोवर में स्नान करता है, उसके सभी पाप धुल जाते हैं। कैलास का ध्यान मात्र काशी की यात्रा से ज्यादा पुण्यदायक है। उसका फल अनंत है। वह धर्म, अर्थ, काम, मोक्ष—चारों पुरुषार्थों का प्रदाता है।

मानसरोवर के आकाश का रंग ऐसा नीला था। जैसा नीला रंग आज तक हमने नहीं देखा था। रुई के फाहे से बने आकाश से लटकते बादल कुछ आकृतियाँ बना रहे थे। मानसरोवर की लहरों से टकराता दूर क्षितिज ऐसा लग रहा था, मानो अप्सराएँ वहाँ नृत्य कर रही हों। 'शिवपुराण' में लिखा है। मानसरोवर में एक बार स्नान से सात पीढ़ियाँ तर जाती हैं। मुझे लगा, सात पीढ़ी को एक साथ तारने का ऐसा मौका फिर कहाँ मिलेगा। साथ गए मित्रों में थोड़ी हिचकिचाहट जरूर थी, कुछ गड़बड़ न हो। इस भयानक ठंड में बर्फ के पानी से कहीं तबीयत न खराब हो जाए। बीमार हुए तो इस दुर्गम जगह क्या होगा? मैंने कहा, "अगर कुछ हुआ तो हमें यहीं छोड़ देना। कोई संस्कार की भी जरूरत नहीं। मैं यहीं रहूँगा। आखिर पांडव भी तो यहीं हैं। मुक्ति की इससे बेहतर जगह क्या होगी? यही जगह तो है, जहाँ देवी-देवता, ऋषि-मुनि, अप्सराएँ सब एक साथ रहते हैं। सिर्फ हम ही नहीं, ऐसा तिब्बती भी मानते हैं।"

तो क्यों न फौरन डुबकी लगाई जाए? मैंने कपड़े उतार गमछा पहना, शरीर को तैयार किया। पुरखों को याद कर ठंड से लड़ने का मनोबल बढ़ाया। सरोवर को प्रणाम किया। जल का आचमन किया। मीठा अमृत जैसा स्वाद। एक पाँव मानसरोवर में रखा तो करंट दिमाग तक लगा। झट से दूसरा पाँव भी रखा। फिर नाक पकड़कर डुबकी लगाई। लगा कि सिर पथरा गया, हाथ-पाँव अकड़ गए। दूसरी व तीसरी डुबकी से थोड़ी राहत लगी। पर हड्डियाँ काँप गईं। लगा कि पुरखों को तारने आया था, कहीं पुरखों में शामिल तो नहीं हो जाऊँगा।

तभी हंसों का एक जोड़ा दिखा। राजहंस यानी 'बार हेडेड गूज', जिन्हें 'हिमालयन ग्रीन फ्रिंच' भी कहते हैं। सफेद लंबी गरदन, सुनहरे पंख, भव्य उड़ान। बड़े भाग्य से हंसों के दर्शन होते हैं। पीछे मुड़ मित्रों को जब तक बताता तब तक वे ओझल हो चुके थे। कबीर याद आए—उड़ जाएगा हंस अकेला, जग दरसन का मेला। मित्रगण मानने को तैयार नहीं थे कि मैंने राजहंस देखा। खैर, बाहर निकला। कपड़े पहने। सूर्यदेव दूर तक कहीं दिख नहीं रहे थे।

कैलास-दर्शन के बाद मानसरोवर-स्नान कर लगा, जीवन सफल हो गया। अब कुछ बचा नहीं है। ठंड के कारण अपने आप मुँह से महामृत्युंजय मंत्र निकल रहा था। मुझे मेरी दादी याद आ गईं, जिन्हें हम 'दादा' कहते थे। दादा ने ही बचपन में सबसे पहले मानसरोवर का महत्त्व बताया था। मैंने सूर्य को अर्घ्य दिया। दादी के नाम पर एक अँजुरी जल दिया। फिर लगा, दादी का तो तर्पण कर दिया। मेरे लिए कौन आएगा? गाइड बोला, "अपना तर्पण खुद कीजिए। लोग यहाँ ऐसा ही करते हैं।" मैंने अपना तर्पण किया। जल से कहा—जल, जीवन दो, मुक्ति दो। पुरखों को तारो। मन के कलुष को धो दो। 'काट अंध उर के बंधन स्तर, बहा जननि ज्योतिर्मय निर्झर'। मानसरोवर के किनारे एक प्रार्थना-ध्वज भी बाँधा। एक कैन में जल भरा दिल्ली लाने के लिए। फिर शुरू हुई पूजा। सामने कैलास, बगल में मानसरोवर। बिल्वपत्र साथ ले गया था। भाँग और सुगंधि से शिव का अभिषेक किया—"त्र्यम्बकं यजामहे सुगन्धिं पुष्टिवर्धनम्। उर्वारुकमिव बन्धनान् मृत्योर्मुक्षीय मामृतात्।" हमारे लिए यह बहुत तृप्तिदायक अनुष्ठान था।

गाड़ी में बैठ मैंने उसका हीटर चलाया। तब जाकर चेतनता वापस लौटनी शुरू हुई। अब हम गाड़ी से मानसरोवर की परिक्रमा में थे। गोल छोटे-छोटे पत्थरों पर से हमारी 'लैंडक्रूजर' धीरे-धीरे फिसलती चल रही थी छोटे-छोटे जल-स्रोतों को पार करते हुए। मानसरोवर का प्रवाह कभी राक्षसताल की ओर बहता है तो कभी उलटी तरफ। जिस साल इसका प्रवाह राक्षसताल की तरफ होता है, वह साल तिब्बतियों के लिए शुभ माना जाता है।

मानसरोवर के चारों ओर से दुनिया की चार बड़ी नदियाँ निकलती हैं। मानसरोवर के पश्चिम की ओर से निकलनेवाली सतलुज नदी है। तिब्बती इसे 'लांजयेन खंबाब' कहते हैं, जिसका मतलब हाथी का मुँह होता है। दक्षिण की ओर बहनेवाली नदी करनाली है, जिसे तिब्बती में 'मेपचा खंबाब' कहते हैं। यही नदी भारत में पहले सरयू और बाद में घाघरा कही जाती है। ब्रह्मपुत्र को तिब्बती 'तमचोक खंबाब' कहते हैं, यानी घोड़े का मुँह। यह पूर्वी छोर से निकलती है। सिंधु शेर के मुँह से निकलनेवाली नदी कही जाती है। उत्तर की तरफ से निकलने वाली 'सिंधु' नदी को 'इंडस' भी कहते हैं। जैदी तक पहुँचते-पहुँचते मानसरोवर की हमारी परिक्रमा पूरी होती है।

अनंत

जैदी से 40 किलोमीटर दूर तारचेन कैलास परिक्रमा का आधार शिविर है। यहीं से कैलास की परिक्रमा शुरू होती है। मित्रों की हालत देख एक बार तो लगा कि अब हम तारचेन न जाएँ, यहीं से वापस लौट चलें। एक-एक कर सभी साथी लस्त-पस्त हो रहे थे, खासकर महिलाएँ। रास्ते में एक गाँव पड़ा। यह गड़रियों का गाँव था। एक बड़े समतल मैदान के बीच कच्चे रास्ते से हमारी गाड़ी चली जा रही थी। पठार का सौंदर्य अद्‌भुत था। थोड़ी देर में तारचेन दिखा। वह छोटे-छोटे ध्वजों, पताकाओं और झंडियों से सजा था। इस छोटे बाजार में एक बैरकनुमा अतिथिगृह भी था। यात्रा यहाँ तक गाड़ियों से आती है। इसके आगे गाड़ियाँ नहीं जातीं, यहीं रुक जाती हैं। इसलिए यहाँ गाड़ियों के कुछ मेकैनिक और छोटे गैराज भी हैं। एकाध तिब्बती रेस्त्राँ भी हैं। कुछ छोटी दुकानें स्मारिकाओं और उपहारों की भी थीं। इस दुर्गम जगह से कोई पत्थर का टुकड़ा भी ले जाना एक स्मृति-चिह्न है। फिर यह तो उपहारों की दुकान थी, जहाँ हमारे साथी रुककर स्टीकर, रूमाल, स्कार्फ और झंडी-पताका खरीदने लगे। तारचेन में बुद्ध और शिव के चित्र एक साथ एक ही दुकान पर मिल रहे थे।

इस बस्ती में लगभग तीन सौ घर हैं। यहाँ रहनेवाले सभी भेड़-बकरी और याक चरानेवाले गड़रिए हैं या फिर तीर्थयात्रियों की सेवा-शुश्रूषा से जो मिल जाए। उसी से उनका जीवन चलता है। स्कूल के नाम पर रेडक्रॉस का एक स्कूल है। पर अस्पताल या कोई डिस्पेंसरी नहीं है। बीमार लोगों को 120 किलोमीटर दूर तकलाकोट तक जाना पड़ता है। रेडक्रॉस यहाँ अस्पताल खोलना चाहती है, पर चीनी सरकार न जाने क्यों इसकी इजाजत नहीं देती। शायद सीमांत इलाका है, इसलिए सरकार कुछ ज्यादा ही चौकसी बरतती है। चीनी सेना के जवान यहाँ आपको हर मोड़ पर मिलेंगे। कैलास के रास्ते इनसानी सभ्यता का यह अंतिम गाँव है। इसके आगे तो सिर्फ निर्जन और अंतहीन सफेदी ही दिखती है।

तारचेन से सामने की ओर से कैलास साफ दिखाई पड़ता है। बाईस हजार फीट की ऊँचाई वाला कैलास कुल पैंतालीस किलोमीटर इलाके में फैला है। पर्वत पाँच बौद्ध गोंपाओं से घिरा है। गोंपा झोंपड़ीनुमा बौद्ध विहार होते हैं, जहाँ अब कुछ ही नाममात्र के भिक्षु पूजा-पाठ करते हैं। लामा व्यवस्था तक इन गोंपाओं का बड़ा जलवा था। इन्हें धार्मिक के साथ-साथ प्रशासनिक अधिकार भी प्राप्त थे। 1949 में माओ के नेतृत्व में बौद्ध मठ और विहार तोड़े, लूटे व जलाए गए। चीनी क्रांति ने सारे गोंपाओं को खँडहरों में तब्दील कर दिया। उन्हीं खँडहरों को फिर से रंग-रोगन कर झोंपड़ीनुमा आकार में फिर से खड़ा कर दिया गया है। अब न तो उनका वो वैभव है, न विस्तार। ज्यादातर में तो दरवाजे, खिड़की भी नहीं हैं। बौद्धों का यह देवस्थान है।

किसी जमाने में बौद्ध गोंपा व मठ संस्कृत तथा पालि ग्रंथों से भरे पड़े थे। इनमें से ढेर सारे ग्रंथ 1920 से 1930 के बीच महापंडित राहुल सांकृत्यायन याक पर लादकर भारत लाए थे। दलाई लामा भी अपने साथ कुछ लाए। लेकिन काफी महत्त्वपूर्ण हस्तलिखित ग्रंथों को चीनियों ने जला दिया। हर गोंपा में चीनी तांडव का एक आतंक गूँजता है। सहमे बौद्ध भिक्षु धीमी व दबी आवाज में मंत्र-पाठ करते हैं। वे लाचार और डरे हुए दिखते हैं। उन्हें देख तिब्बत में तिब्बतियों की दशा पर क्रोध और क्षोभ दोनों होता है।

कैलास पर्वत-शृंखला भूटान तक फैली है। ल्हा चू और झोंग चू के बीच ही कैलास पर्वत है। इसकी सबसे निचली चोटी तारचेन और सबसे ऊँची चोटी डेशफू गोंपा है। कैलास की परिक्रमा सोलह हजार फीट की ऊँचाई से शुरू हो उन्नीस हजार फीट तक जाती है।

हम आगे बढ़े। सामने का नजारा अद्‌भुत था। दो घाटियों के बीच में बर्फ की सफेद चादर से ढकी पर्वत-शृंखला, उसके पीछे नीला साफ आकाश। इस नीले आकाश पर कहीं-कहीं सफेद बादल के टुकड़े। पर्वत से पिघलते बर्फ के झरने। दूर से दिखा जैसे पर्वत से दुग्धधारा निकल रही हो। दूध की ऐसी धाराएँ मैंने महाशिवरात्रि में काशी के विश्वनाथ मंदिर में ही देखी थीं।

थोड़ा और आगे बढ़े, एक और घाटी, चारों तरफ बर्फ से ढकी हुई। हमें बताया गया कि यहीं महादेव ने कामदेव को भस्म किया था। तब यहाँ इतनी बर्फ नहीं थी, हरियाली थी और फूल खिलते थे। बारहों महीने वसंत रहता था। देवता तारक नाम के राक्षस से आक्रांत थे। उसे ब्रह्मा का वरदान था। देवता ब्रह्मा की शरण में गए। ब्रह्मा मुसकराए, बोले—तारक का संहार शिव-पुत्र ही करेगा। पर शिव तो सती के वियोग में तपस्यारत हैं। फिर पुत्र कैसे होगा? उनकी तपस्या तोड़ने के लिए इंद्र ने कामदेव को भेजा। कामदेव पहुँचे तो उस बर्फीले पर्वत पर वसंत छा गया।

पार्वती अपनी सखियों के संग शिव के दर्शन के लिए पहुँचीं। तपस्या में लीन शिव के चरणों में पुष्प अर्पित किए। घनी झाड़ी में छुपे कामदेव ने फूलों से बींधा बाण चला दिया। शिव ने पार्वती को देखा, उनकी तरफ हाथ बढ़ाया। सोचने लगे, यह सुंदरी यहाँ कैसे! ध्यान भटका। लेकिन फिर तप में लीन हो गए। पर कहीं व्यवधान था। ध्यान केंद्रित नहीं हुआ। शिव चकित थे। काम का बाण अपना असर दिखा रहा था। कामदेव मुसकराया। तभी शिव का तीसरा नेत्र खुल गया। कामदेव वहीं भस्म हो गया। पार्वती व सखियाँ घबराकर भाग गईं।

कामदेव की पत्नी रति रोती-बिलखती शिव की शरण में आई—मेरा क्या होगा प्रभु? भोलेनाथ पिघले। बोले—अच्छा, जाओ, कामदेव को जीवित करता हूँ; पर अब वह अनंग रहेगा। कभी सामने नहीं आ पाएगा। हमेशा छिपकर वार करेगा। पहले वहाँ बारहों महीने फूल खिला सकता था, पर अब नहीं। अब केवल दो महीनों के लिए फूल खिलेंगे और तब वसंत आएगा। तब से वसंत सिर्फ दो महीनों के लिए ही आता है।

अब हम यमद्वार के पास थे। स्वर्ग जाने का इसे इकलौता रास्ता कहते हैं। यहाँ पहाड़ों की आकृति एक बड़े द्वार की तरह है। नीचे मनुष्यों ने भी एक द्वार बना रखा है। लोग पत्थरों पर पत्थर रख उसे पिरामिड की शक्ल देते हैं। ढेर सारे पिरामिड यहाँ बने हैं। एक मंदिर भी है, तीर्थयात्री जहाँ पत्थर रखकर अपनी उपस्थिति दर्ज कराते हैं। यमद्वार पर बुद्धकालीन एक शिलालेख भी है। युधिष्ठिर इसी जगह से आगे अकेले अपने कुत्ते के साथ स्वर्ग की ओर गए थे। नचिकेता का यमद्वार भी यहीं है। दाईं ओर ऊपर पहाड़ियों पर तिब्बत के 84 महासिद्धों की आकाश समाधियाँ हैं। आकाश समाधि वह स्थान है, जहाँ मनुष्य की देह को अंतिम संस्कार के लिए चीलों व गिद्धों को खिलाने के लिए रखा जाता है। हम वहाँ नहीं गए। जाना दिवंगत लोगों के प्रति असम्मान होता।

इसे 'शिब-त-साल' यानी 'मृत्यु का पठार' भी कहते हैं। इस जगह सुरक्षित पहुँचना पुनर्जन्म माना जाता है। मुरारी बापू को यह जगह बहुत पसंद है। वे कई बार यहाँ अपना कथा शिविर लगा चुके हैं। यमद्वार से आगे का रास्ता दुष्कर है। इसलिए सामान ले जाने के लिए याक मिलते हैं। ब्रह्मपुत्र नदी का उद्गम स्थल इसी के पास है।

गिरते-पड़ते हम अष्टपद की ओर जा रहे थे। अष्टपद जैन धर्म का पवित्रतम स्थान है। पहले तीर्थंकर ऋषभदेव ने इस अष्टपद की परिक्रमा की थी। बाद में यहीं उन्होंने शरीर छोड़ा। इसलिए जैन लोगों की भी कैलास से उतनी ही श्रद्धा है जितनी हमारी।

अब हम कैलास के दक्षिणी मुख पर हैं। सामने शिव का नंदी बहुत करीब दिखता है। दरअसल नंदी के आकार का यह एक पहाड़ है। उसे नंदी पर्वत कहते हैं। साँस अब भारी हो चली थी। चारों तरफ ऊँचे पहाड़। बीच में दलदल। ऊबड़-खाबड़ रास्ता। पहली बार मुझे 'लैंडक्रूजर' गाड़ी की असली उपयोगिता पता चली।

अब कैलास पर बर्फ से बनी सीढ़ियाँ हमें साफ दिख रही थीं। इन्हीं सीढ़ियों से कभी देवाधिदेव उतरते होंगे। हम छड़ी लेकर चल रहे थे, पर पाँव उठ नहीं रहे थे। हवा का दबाव इतना कि लगा, छाती फट जाएगी। रास्ते में नेवले की प्रजाति और खरगोश की चाल-ढाल वाला एक जानवर दिखा। किसी ने कहा, नेवला है; कोई कहता, गिलहरी है। पर गाइड बोला, यह एक तरह का चूहा है, जिसका तिब्बती नाम 'चिपि' है। इस दुर्गम ऊँचाई पर सैकड़ों की तादाद में चिपि थे। चलो, इतनी ऊँचाई पर जीव के नाम पर कुछ तो मिला। मन को संतोष हुआ।

सबका गला सूख रहा था। हमें थोड़ा-थोड़ा मतिभ्रम भी हो रहा था ऑक्सीजन की कमी की वजह से। गाइड शेरपा ने सलाह दी, थोड़ी-थोड़ी देर पर पानी पीते रहेंगे तो सिरदर्द नहीं होगा। सामान ढोनेवाले याक साथ-साथ चल रहे थे। कुछ ऐसे बुजुर्ग लोग भी थे, जो याक की पीठ पर बैठकर परिक्रमा कर रहे थे। बीमार लोगों को पीठ पर लादे कुछ नेपाली शेरपा भी परिक्रमा मार्ग में मिले। याक की पीठ पर बैठकर परिक्रमा करनेवाले भी परेशान थे, क्योंकि याक स्वच्छंद होकर चलता था; कभी दौड़ने लगता, तो कभी मंथर हो जाता। छोटा पहाड़ी रास्ता। नीचे गहरी घाटी। याक कभी एकदम पहाड़ी के किनारे-किनारे खतरनाक ढंग से चलता। नीचे गहरी खाई देख याक पर बैठे आदमी के प्राण सूख जाते। फिर कभी वह बीच में ही रुककर पानी पीने लगता। मनमौजी और मस्त व्यवहार रहता है इस अलमस्त चौपाए का।

तिब्बती जीवन बिना याक के नहीं चलता। दुनिया की इस छत पर उसका खासा महत्त्व है। अगर एक परिक्रमा से हमारा जीवन तरता है तो इस इलाके के कुछ याक तो सैकड़ों बार परिक्रमा कर चुके हैं। उनके पास तो मनुष्यों से ज्यादा पुण्य जमा होगा। मेरी इस सोच ने याकों के प्रति अपनी श्रद्धा और बढ़ा दी। वे अद्‌भुत जानवर हैं—धीर-गंभीर और मेहनतकश। हाड़-तोड़ मेहनत करते हैं, लेकिन कोई नाराजगी या गुस्सा उनके व्यवहार में नहीं रहता। तिब्बती लोग उन्हें बहुत प्यार करते हैं। वे प्यार से हर याक का कोई-न-कोई नाम रखते हैं। पर किस्मत के मामले में याक गधे, खच्चर जैसे ही लगते हैं। चीनियों के अत्याचार से वे भी अछूते नहीं हैं। चीनी उन्हें मारकर खाते हैं।

याक पर ही अपनी रसोई तथा खाने का सामान परिक्रमा में साथ-साथ चल रहा था। रात का पड़ाव जहाँ होगा वहीं भोजन बनेगा। ब्रह्मपुत्र पार करने के लिए हमने याक का इस्तेमाल किया। अब काफिला डेरापुक की ओर चलता है। यह डगर कठिन है, बेहद थका देनेवाली; कहीं चढ़ाई तो कहीं ढलान। कुली और गाइड सब याक के मांस का सूखा टुकड़ा चबाते हुए चल रहे हैं। हम ठहरे काशी के पंडित। क्या उपाय करें कि ठंड का प्रकोप कम हो। मांस का कोई विकल्प नहीं है यहाँ। इसलिए सिवाय ठंड से कड़कड़ाने के कोई और रास्ता बचा नहीं था। आगे परिक्रमा मार्ग में ल्हासू नदी मिली, जिसका अर्थ है देवनदी। नदी के किनारे से कैलास के दक्षिणी हिस्से का दर्शन होता है। ल्हासू ही आगे जाकर सिंधु नदी कहलाती है। इस नदी को बाँस से बने पुल के जरिए पार करना पड़ता है।

ऐसी कठिन यात्रा में पहली बार लगा कि हम कैलास जा रहे हैं या परलोक। मतिभ्रम, उल्टियाँ और सिरदर्द। ऑक्सीजन की कमी से ये सारे हावी। इन सबका प्रकोप बढ़ रहा था। लंबे समय तक बर्फ की चमक से अंधत्व भी आता है। अब आँखों पर भी कुछ-कुछ असर पड़ रहा था। हालाँकि हमने काले चश्मे पहने थे। फिर भी दूर-दूर तक बर्फ-ही-बर्फ देख कवि आलोक याद आए—'पहाड़ों के जिस्मों पे बर्फों की चादर'। कवि के पहाड़ का तो ओर-छोर है। पर यहाँ तो इस सफेद चादर का कोई सिरा नजर नहीं आ रहा था।

परिक्रमा मार्ग में डोल्मा दर्रा सबसे ऊँचाई पर है। उन्नीस हजार पाँच सौ फीट की ऊँचाई। यह ऊँचाई एवरेस्ट के बेस कैंप से बारह सौ फीट ज्यादा है। दिल दहला देनेवाली यह सबसे कठिन चढ़ाई थी। यहाँ आते-आते साँसें छूटने लगीं। डोल्मा से कैलास शिखर की ऊँचाई महज तीन हजार फीट रह जाती है। लगा कि हाथ बढ़ा कैलास को छू लूँ। बर्फ से ढके शिवलिंग की तरह कैलास सबसे मनोरम यहीं से दिखते हैं। स्वर्ग की सीढ़ी का सचमुच अहसास होता है। बाकी हिम-शिखरों से बिलकुल भिन्न। अदृश्य शक्तियों का भंडार। पूरा संतुलित पहाड़, जितना लंबा उतना चौड़ा। हम थके फेफड़ों के साथ उसके सामने थे। नतमस्तक।

कैलास के पश्चिमी छोर से उस पर बनी शेषनाग की लहरियाँ दिखती हैं। गाइड ने बताया कि ये समुद्र-मंथन के निशान हैं। कुदरत से बड़ा संगतराश कौन है। आप जानते होंगे कि समुद्र मंथन के लिए देवता और असुर ने इसी पर्वत को मथानी के तौर पर इस्तेमाल किया था। ग्रेनाइट पत्थर का यह पर्वत महाशिवलिंग का आभास देता था। वही निशान हमें शेरपा अपनी व्याख्या के साथ दिखा रहा था। रास्ता खतरनाक था। हमें बड़े-बड़े पत्थरों पर संतुलन बिठाकर चलना पड़ रहा था। लगा, अगर पाँव फिसला तो सीधे महादेव के चरणों में।

'डोल्मा' यानी 'तारा देवी'। इस दर्रे के शिखर पर उनकी पूजा-अर्चना होती है। एक चट्टान पर पूजा हो रही थी—दीप, धूप, अक्षत। रास्ते के नाम पर सिर्फ एक रेखा जैसी पगडंडी है। सहयात्री यहाँ धर्म-ध्वज टाँगते हैं। इस जगह सिर्फ 15 मिनट ठहरने के बाद हिम्मत छूटने लगती है। यहाँ ऑक्सीजन की जबरदस्त कमी थी। ठंडी हवा। मौसम हर पल बदल रहा था। डोल्मा में कुछ-न-कुछ छोड़कर आने की परंपरा है। जब भी यह परंपरा शुरू हुई होगी, तब वह शायद छल, कपट, अहंकार, दुर्व्यसन, राग-द्वेष छोड़ने के लिए ही रही होगी। पर आजकल लोग वहाँ जूते-चप्पल, कपड़े, रूमाल, गमछे वगैरह छोड़कर चले आते हैं। ऐसे कूड़े का बड़ा अंबार लगा था। कुछ लोग जो यहाँ नहीं आ सकते, उनके कपड़े उनके परिजन, दोस्त, मित्र वहाँ लाकर छोड़ रहे थे। अपने प्रियों के वस्त्र। यह भी प्रतीकात्मक है। गीता में भगवान् श्रीकृष्ण ने तो कहा है, 'शरीर भी एक वस्त्र है, जिसे आत्मा बदलती रहती है।'

मौसम से संघर्षरत हम 'ॐ नमः शिवाय' का पाठ कर रहे थे। भयंकर ठंड और दमघोंटू माहौल में मुँह से क्या निकल रहा था, यह हमें ही पता नहीं चल पा रहा था। सिर्फ ओठ हिलते थे। उन पर वश नहीं था। मुँह से क्या निकल रहा था? यह बगलवाला भी नहीं जान सकता था। इतनी दुर्गम जगह पर हमारे देव क्यों रहते हैं? लगता है, भक्तों से देवता भी ऊब गए, तभी तो उन्होंने हर उस जगह अपना ठिकाना बनाया, जहाँ भक्तों का आना-जाना आसान न हो। बावजूद इसके लोग वहाँ भी पहुँच रहे हैं। जरूर भगवान् इससे परेशान होंगे। मुझे लगता है, कहीं इसके बाद वे और ऊपर दुर्गम जगह पर न चले जाएँ।

डोल्मा से नीचे ल्हादू घाटी की ओर हमारा कारवाँ चलता है। अब सीधी ढलान है। यहाँ अठारह हजार फीट की ऊँचाई पर पन्ने के रंग जैसी हरी आभा वाली एक ताजी झील मिलती है। अरे, यह तो गौरी कुंड है! इस झील की परिधि साढ़े सात कि.मी. और गहराई अस्सी फीट है। गौरी कुंड पूरे साल बर्फ से ढका रहता है। इस जमी हुई झील के नीचे से पानी का कल-कल संगीत सुना जा सकता है। बर्फ हटाकर कुछ लोग स्नान भी कर रहे थे। मान्यता है कि यहीं पार्वती स्नान करती थीं। यहीं गणेश पैदा हुए थे। शिव के लिए पार्वती ने यहीं तपस्या भी की थी।

इस हवा, पत्थर, पानी, बर्फ, मिट्टी में कुछ तो है; क्योंकि ऐसी गहरी अनुभूति मुझे पहले कभी नहीं हुई। यहाँ के वातावरण में एक अलग किस्म का 'वाइब्रेशन' है। पूरा माहौल मन को दूसरी अवस्था में ले जाता है। चौरासी सिद्धों की यह तपोभूमि है। यहाँ एक पारलौकिक सत्ता की अनुभूति होती है। गौरी कुंड से नीचे जोगंछू नदी के किनारे चलते-चलते परिक्रमा आगे बढ़ती है। अब तारचेन यहाँ से सिर्फ पंद्रह कि.मी. बचा रह गया है। वहीं परिक्रमा का समापन होना है। यह यात्रा सरल थी।

तभी हमें एक अनोखी श्रद्धा दिखी, बल्कि यह कहें कि यही है श्रद्धा का शिखर। तिब्बती भी कैलास के प्रति अपार श्रद्धा रखते थे। ऐसे ही कुछ साहसी श्रद्धालु दंडवत् परिक्रमा कर रहे थे। हर बार लेटते थे, फिर उठते थे, फिर लेटते थे। यह होती है दंडवत् परिक्रमा। जब हमें पैरों से चलकर परिक्रमा करने में इतनी मुश्किल आ रही थी, तब वे लेटकर परिक्रमा कर रहे थे। उनकी इस अगाध श्रद्धा को हमने नमन किया। परिक्रमा का रास्ता खासा ऊबड़-खाबड़ होता है, इसलिए वे हाथों में जूट का दस्ताना और घुटनों पर टायर के टुकड़े बाँधे हुए थे। जैसे हम पूजा करने के लिए पंडित को दक्षिणा का संकल्प दे उसे पूजा करने का ठेका देते हैं, वैसे ही यहाँ भी पैसेवाले लोग अपना संकल्प दे इन कुलियों से परिक्रमा कराते हैं। पता नहीं पुण्य किसे मिलता है, पर श्रद्धा तो इन कुलियों में ही दिखती है।

परिक्रमा पूरी कर हम तारचेन लौट आए। सब एक-दूसरे को 'ॐ नमः शिवाय' कहकर धन्यवाद ज्ञापित कर रहे थे। वापस आने के बाद हम सब में धीरे-धीरे जान लौट रही थी। मुझे समझ में नहीं आ रहा था, अपनी इस यात्रा के लिए किसको धन्यवाद दूँ। एक मौन, अव्यक्त, शांत और निरुत्तर अनुभूति थी मेरे मन में।

लावा

प्रभु के दर्शन की परम संतुष्टि चित्त-वृत्ति को पुलकित कर रही थी। वैसे चित्त तो प्रसन्न होता ही है, पुलकित चित्तधारी तन होता है। तन-मन एकाकार हो गया, इसलिए 'चित्त' लिखा। हम मानसरोवर से वापस लौटने लगे। गाड़ी में बार-बार गरदन पीछे मुड़ जाती। अरे, कैलास छूटा जा रहा है! लगा, जो इकट्ठा किया था, वह छूट रहा है। अब इस जन्म में दुबारा कभी आ पाऊँगा क्या? प्रभु, हमें फिर आना है; पर कब? इसे तो आपको ही तय करना है। हम तो आपके गण हैं। जो स्वामी का आदेश।

रह-रहकर एक बात कचोट रही थी। हमारे प्रभु का निवास विदेश में! यह क्यों? हम कैसे काहिल और निकम्मे हैं! ऐसी गलती क्यों और कैसे हुई कि प्रभु का घर विदेश में चला गया? मैंने हिमालय नीति पर डॉ. राम मनोहर लोहिया को पढ़ा था। उनका दिमाग साफ था। उन्होंने इस सवाल पर नेहरू से पूछा था, ''कौन कौम है, जो अपने बड़े देवी-देवताओं को परदेश में बसाया करती है। छोटे-मोटे को बसा भी दे, लेकिन शिव-पार्वती को विदेश में बसा दें। यह कभी हुआ नहीं, हो भी नहीं सकता।''

डॉक्टर साहब चीन द्वारा तिब्बत को हड़पे जाने से व्याकुल थे। इस मुद्दे पर वे प्रधानमंत्री नेहरू के कटु आलोचक थे। उनका कहना था, ''मैकमोहन रेखा—(भारत-चीन की मौजूदा सरहद) तो हिंदुस्तान और चीन की सीमा है ही नहीं, न हो सकती है। होनी भी नहीं चाहिए। अगर तिब्बत आजाद रहता तो हम अपने कैलास मानसरोवर के इलाके को, जो कभी हिंदुस्तान का राजकीय हिस्सा था, उसे तिब्बत की रखवाली में रख भी सकते थे। क्योंकि तिब्बत हमारा भाई है नेपाल की तरह। लेकिन अगर तिब्बत आजाद नहीं रहता तो हिंदुस्तान और चीन की सीमा मैकमोहन न होकर 70-80 मील और उत्तर में कैलास मानसरोवर के उस पार होनी चाहिए थी। जो इसे नहीं मानते, उनके लिए मेरा छोटा सा जवाब होगा—हिंदुस्तान की गद्दी पर हमेशा नपुंसक लोग नहीं बैठेंगे।''

डॉ. लोहिया का गुस्सा और परतंत्रता की यह पीड़ा तिब्बती लोगों की आँखों में भी साफ झलकती है। यात्रा में उनसे जो मूक संवाद बना, उसमें तिब्बती समाज का गुस्सा, बेचैनी और लाचारी दिखती है। चीनी दमन के चलते वे ज्यादा खुलते नहीं, क्योंकि उनका बर्बर उत्पीड़न आज भी जारी है। अब भी चीन की जेलों में तिब्बती स्वतंत्रता के हिमायती पच्चीस से ज्यादा लोग बंद हैं। बावजूद इसके उनके भीतर एक आग दबी है। उसे हवा चाहिए। आज नहीं तो कल उन्हें आजादी मिलेगी, इसी उम्मीद में वे जिंदा हैं। एक नए तिब्बत का सपना लिये। पर कौन दिलाएगा यह आजादी? उनका सबसे बड़ा दोस्त, मददगार और मार्गदर्शक भारत भी तो तिब्बत को चीन का आंतरिक मामला मानता है। इस बात की हताशा है वहाँ।

1950 में चीनियों के आने से पहले तक पूरे तिब्बत में छह हजार मठ और मंदिर थे, जहाँ छह लाख से ज्यादा बौद्ध भिक्षु रहते थे। चीनी हमले और दमन ने धर्म और राज्य दोनों को कुचला। 1979 में हुए एक सर्वे के अनुसार उस समय तक तिब्बत में सिर्फ साठ मठ बचे थे, वे भी जर्जर और नष्ट होने के कगार पर थे। इन मठों में रहनेवाले भिक्षु अधिकांश मार दिए गए या लापता थे। मठों को डायनामाइट से उड़ाया गया था। ताकि धर्म के साथ ही धार्मिक चिह्न और अवशेष भी समाप्त हों। तिब्बत को दुनिया की छत कहा जाता था। वह अपनी जड़ी-बूटियाँ और हर्बल वनक्षेत्र के लिए प्रख्यात था। ऐसे बेशकीमती और परंपरागत जंगल के सत्तर फीसदी हिस्से को सुरक्षा के नाम पर चीनियों ने काट डाला।

तिब्बत की मठ परंपरा भारतीय मठ परंपरा की अनुकृति थी। ये मठ भारत-तिब्बत के आत्मीय संबंधों के साक्षी थे। एक और खास बात, हमें चाय पीना भी तिब्बत ने सिखाया। तिब्बत में डेढ़ हजार साल से चाय पी जा रही है। चीन में चाय चार हजार साल से पी जा रही है। चीन से आयात कर वे चाय का उत्पादन भी करने लगे थे। फिर चाय तिब्बत से भारत पहुँची। चाय घोड़ा व्यापार मार्ग के रास्ते।

चीनी हमले से पहले राजनीतिक लिहाज से तिब्बत कभी चीन का अंग नहीं रहा। भारत से उसका नाता बौद्ध धर्म के तिब्बत में प्रवेश के साथ शुरू हुआ। सन् 1249 से 1368 तक यहाँ मंगोलों का शासन था। 1649 से 1910 तक तिब्बत मंचू आधिपत्य में रहा। उसके बाद सन् 1949 तक वह स्वतंत्र देश था। 1947 में नई दिल्ली के एफ्रो-एशियाई सम्मेलन में भी तिब्बत एक स्वतंत्र देश के तौर पर आया था। तब तक वहाँ भारतीय मुद्रा और भारतीय डाक-व्यवस्था भी चलती थी।

चीन और तिब्बत का संबंध 9वीं शताब्दी में एक युद्ध के जरिए मिलता है। सन् 821 में चीन और तिब्बत में युद्ध हुआ। चीन को युद्ध में भारी पराजय का मुँह देखना पड़ा। इस हार का बदला चीन ने 1951 में चुकाया। चीन ने तिब्बत पर कब्जा कर लिया। इस हमले में अस्सी हजार तिब्बती मारे गए। पच्चीस हजार से ज्यादा लोगों को चीनी जेलों में डाला गया। उन्हें अमानवीय यातनाएँ दी गईं। तिब्बती संस्कृति को नष्ट करने के लिए पचास लाख चीनियों को तिब्बत में बसाने की योजना बनी। तिब्बत की सत्ताईस फीसद आबादी का चीन ने सफाया कर दिया। चीन की माओवादी सरकार ने भिक्षुओं को भीतरघाती, आवारा और लाल रंग का चोर कहा। 1959 में लुकते-छिपते दलाई लामा भागकर भारत आए। अरुणाचल प्रदेश के तवांग के रास्ते। [illegible] पर सवार होकर उन्हें भारत आने में बीस रोज लगे। भारत सरकार ने उन्हें और उनके साथियों को राजनीतिक शरण दी।

इस हमले में चीन ने तिब्बत की सिर्फ जमीन ही नहीं हड़पी। उनके उदात्त बौद्ध धर्म को भी नष्ट किया। उनकी सभ्यता को कुचला। संस्कृति के निशान मठों को उड़ा दिया। धर्म को पूरी तरह नष्ट करने के लिए उनकी सारी लाइब्रेरी और पांडुलिपियों को जला दिया। संस्कृति की जड़ें नष्ट करने के लिए उनकी सारी किताबों को जलाना, यह विचित्र साम्यवादी तरीका था। उनकी काष्ठ औषधियों के वनों को काट डाला गया। नस्ल खत्म करने के लिए चीन की 'हान' जाति के लोगों को तिब्बत में भर दिया गया। 'हान' लोग नास्तिक थे। वे बौद्धों के कट्टर शत्रु थे। वे सिर्फ लामाओं का ही सफाया नहीं करते, उनके प्रिय याक भी उनके निशाने पर थे। वे याक को मारकर खा जाते।

हानों द्वारा मूल तिब्बतियों के दमन और उत्पीड़न का सिलसिला आज भी जारी है। वे उन्हें यातना देते हैं। उन्हें यह अहसास कराते हैं कि अब तिब्बत के असली मालिक वही हैं। दोरजी की कातर आँखें इन यातनाओं की गवाह थीं। देखकर लगता था, उनपर बड़ा जुल्म हुआ है। शायद इसीलिए डॉ. लोहिया ने तिब्बत पर चीनी हमले को 'शिशु हत्या' कहा था।

न जाने किस मजबूरी में तिब्बत के सवाल पर हमारे देश ने भयंकर गलती की। बाद में इसे ही 'हिमालयन ब्लंडर' कहा गया। अब लाख चाहकर भी उसे सुधारा नहीं जा सकता। तिब्बत पहले भारत और चीन के बीच एक प्राकृतिक दीवार था। बफर जोन। अब तिब्बत का अस्तित्व मिट जाने के बाद चीन हमारे सिर पर खड़ा मिलता है। उत्तराखंड के चमोली से लेकर अरुणाचल के तवांग तक उसकी सड़कें भारतीय सीमा को छूती हैं। हर रोज इस सरहद पर हम चीनी घुसपैठ की खबरें अखबारों में पढ़ते हैं। सिर्फ 2011 में ही चीनी सैनिकों ने 108 बार भारतीय सीमा लाँघी। 2012 पाँच सौ से ज्यादा घटनाएँ भारतीय सीमा में चीनी घुसपैठ और उत्पात की हैं।

हमने जो बोया उसे ही काट रहे हैं। यह गलती क्यों हुई? इस सवाल का जवाब किसी के पास नहीं है। जब जवाहरलाल नेहरू ने 1935 में तिब्बत को स्वतंत्र देश कहा तो फिर चीनी हमले के बाद उनका रवैया क्यों बदला? हमले के बाद नेहरू ने भी वही कहा, जो माओत्से तुंग का दावा था। दोनों ने तिब्बत को चीन का आंतरिक मामला कहा। हम हिंदी-चीनी भाई-भाई का राग अलाप रहे थे और चीन धोखे से हम पर हमले की तैयारी कर रहा था।

हमला। हम हारे। 1962 में चीनी हमले का असर मानसरोवर यात्रा पर भी पड़ा। चीन ने यात्रा पर रोक लगा दी। हम अपने कैलास से वंचित हुए। 1977 में जब जनता पार्टी की सरकार बनी तो उसके विदेश मंत्री अटल बिहारी वाजपेयी ने कैलास मानसरोवर यात्रा खोलने के लिए चीन सरकार से कई दौर की बात की। सरकार चली गई, पर सुब्रह्मण्यम स्वामी इस कोशिश में लगे रहे। उनकी अथक कोशिशों के बाद तब के वाइस प्रीमियर देंग शियाओ पेंग की सरकार ने यात्रा के लिए विशेष परमिट जारी करने की इजाजत दी। पहला जत्था बीस यात्रियों का सुब्रह्मण्यम स्वामी के नेतृत्व में ही कैलास गया। उसमें हरीश रावत भी थे। तब से यह यात्रा जारी है; पर एक खास परमिट पर, जिसे 'नत्थी वीजा' कहते हैं।

भारत से आए लोगों के प्रति तिब्बतियों में सहज आत्मीयता होती है, उम्मीद भी। तकलाकोट से हम अपने तिब्बती ड्राइवर दोरजी से चीनी उत्पीड़न की कथा सुनने की कोशिश कर रहे थे। वे कुछ-कुछ बता भी रहे थे। बातचीत में उन्हें पता चला कि मैं बनारस का हूँ। रिनपोछेजी को जानता हूँ। उनसे मिला हूँ। दोरजी का व्यवहार एकदम बदल गया। वह मेरे हाथ चूमने लगे। उनकी आँखों में झर-झर आँसू थे। ढलती शाम के एकांत में दूर ले जाकर वह मुझसे सारनाथ और रिनपोछे के बारे में पूछने लगे। जब मैंने उन्हें बताया कि मैं दलाई लामा से भी मिला हूँ, तो वह चमत्कृत हो एकदम मुझे देखने लगा। यकायक मेरे सामने साष्टांग लेट गया। मैं सकते में था। तिब्बत की इस पीढ़ी ने दलाई लामा को नहीं देखा है, केवल सुना और पढ़ा है। दलाई लामा उनके लिए किंवदंती हैं। दलाई लामा उनके देवता हैं। और वह शायद मुझमें देवदूत देखने लगा।

कुछ ही दूर पर चीनी सैनिक खड़े थे। यहाँ दलाई लामा की बात करना, फोटो रखना बगावत समझा जाता है। सजा का प्रावधान है। मैं भयभीत हुआ। अजीब मुसीबत गले पड़ी। मैंने उसे उठाया, गले से लगाया। समझाया। पर लगातार इस बात का ध्यान रख रहा था कि उस सैनिक को कुछ समझ में न आए। मैंने दोरजी को समझाया, ''रिनपोछेजी बचपन से हमें जानते हैं। वे मेरे घर आते रहे हैं। मेरे पिता के अनन्य मित्रों में हैं। मेरी शादी की बारात में गए थे। हम आने से पहले उनसे बात करके आए हैं, जाकर फिर मिलेंगे।''

दोरजी भावुक हो चले। वे समझ के पार चले गए थे। मुझे वहीं खड़ा कर कहीं गुम हो गए। मैं गाड़ी के पास चीनी सैनिकों पर नजर रखे खड़ा था। तब तक कुछ सैनिक और आ गए थे। थोड़ी ही देर में उस निर्जन स्थान में न जाने कहाँ से 20-25 लामा एक साथ और प्रकट हो गए। कोई मेरा हाथ चूम रहा था, कोई माथा। कोई मुझसे अपना माला स्पर्श करा रहा था। कोई खुद स्पर्श कर भाव-विभोर हो रहा था। मेरे लिए यह अजीब उलझन भरी स्थिति थी।

मैं आया था यहाँ दर्शनार्थी बनकर और वे मेरे ही दर्शन कर कृतकृत्य हो रहे हैं। उनकी आस्था देख मेरी बेचैनी और बढ़ रही थी। दलाई लामा और रिनपोछे सहित अपने शीर्ष धार्मिक नेताओं के प्रति ऐसा समर्पण देख मुझे लगा, अब मैं यहाँ से खिसक लूँ, वरना भावुकता में लामा कुछ भी कर सकते हैं। कहीं चीनी सैनिक मुझे भेदिया या घुसपैठिया न समझ लें। जिस पर लामा बिरादरी लट्टू है। घबराहट में लंबे-लंबे डग भरता मैं रेस्ट हाउस लौट आया। लेकिन अपने नेताओं के लिए उनकी यह आस्था मुझे रास्ते भर झकझोरती रही।

मौजूदा दलाई लामा तेनजिन ग्यात्सो 14वें दलाई लामा हैं। लामा व्यवस्था में दलाई लामा ही तिब्बत के राष्ट्राध्यक्ष होते हैं और आध्यात्मिक गुरु भी। चीनी हमले से पहले तिब्बत में यही व्यवस्था लागू थी। दलाई लामा मंगोलियाई पदवी है, जिसका मतलब है 'ज्ञान का सागर'। तिब्बत में दलाई लामा को बुद्ध का अवतार मानते हैं, इस लिहाज से वर्तमान दलाई लामा बुद्ध के 74वें अवतार हैं। वे तिब्बत के लोगों की वास्तविक आवाज हैं। दुनिया भर में तिब्बती उनकी पूजा करते हैं। लोगों की ऐसी श्रद्धा पूरी दुनिया में किसी और जीवित व्यक्ति के लिए नहीं दिखती। आज भी तिब्बत में उनका सम्मान सिर्फ सर्वोच्च धार्मिक नेता का नहीं है। लोग उन पर मर-मिटने को तैयार हैं।

बौद्ध धर्म की महायान शाखा को माननेवाला तिब्बती समाज मूलतः यायावर प्रकृति का रहा है। धीरे-धीरे इसका विकास एक ऐसे समाज के रूप में हुआ, जहाँ भूमि तो राज्य की थी, पर वह संपत्ति के रूप में सरकार, मठों और अभिजात वर्गों के पास थी।

मन ज्ञान के परे भाग रहा था। सीमाओं में बँटी भूमि हमसे छूटी जा रही थी। हम अपने ही देव की धरा को अब अपना नहीं कह सकते। श्रद्धालु बनकर आए थे, परदेसी बनकर लौटने के लिए विवश थे। हम मानसरोवर से वापस लौट रहे थे। हमारा कैलास हमसे छूटा जा रहा था।

पार्थक्य

एक पहाड़ के पार दूसरा पहाड़, उसके पार तीसरा। लगातार पहाड़ों को पार करते हम लौट रहे थे। ऊपर नीला आकाश, नीचे अनंत सफेद विस्तार। टेढ़ी-मेढ़ी लेकिन साफ चौड़ी और चिकनी सड़क। स्मृति के तौर पर मानसरोवर का एक कैन जल और कैलास से कुछ गोल चिकने पत्थर साथ थे। भौतिक शरीर वापस जा रहा था, पर मन वहीं छूट रहा था।

असाधारण उद्योग कर हम तो किसी तरह अपने सामर्थ्य से आ गए प्रभु! पर भोलेनाथ, जो तुम्हारे असली गण हैं, सुविधाओं से दूर, भौतिक लिहाज से निर्धन, सर्वहारा, दलित, शोषित हैं। वे यहाँ तक कैसे आ पाएँगे? उनके पास तो सिर्फ एक लोटा जल ही है। उनके लिए इस यात्रा को आसान बनाओ न।

वैसे भी जो लोग मानसरोवर के तट वाले कैलास तक पहुँचने में असमर्थ हैं, उन्होंने अपनी पहुँच के दायरे में ही कैलास की खोज कर ली है। हिमाचल प्रदेश में 'किन्नर कैलास' और उत्तराखंड का 'छोटा कैलास' इसी के उदाहरण हैं।

कैलास पर्वत की प्रेरणा से कैलास की अन्यत्र प्रतीकात्मक पुनर्स्थापना का सर्वोत्कृष्ट उदाहरण है ऐलोरा का कैलास नाथ मंदिर। इसे राष्ट्रकूट शासकों ने एक बड़ी चट्टान को तराशकर बनवाया था। इसे देख लगता है, मानो दक्षिण में निवास बनाने के लिए पर्वत ने स्वयं शिव का रूप बदल लिया हो। इस मंदिर की दीवारों पर जो मूर्तियाँ उत्कीर्ण हैं, उनमें महादेव को प्रसन्न करने के लिए रावण की तपस्या और शिव-पार्वती की प्रेमलीला के मनमोहक दृश्य हैं।

यह तो रही अपनी सुविधा से कैलास को अपने पास लाने की कथा। लेकिन सरकारी दल में जो लोग कैलास मानसरोवर आना चाहते हैं, उन्हें भी कम पापड़ नहीं बेलने पड़ते। पहले विदेश मंत्रालय विज्ञापन छपवाकर आवेदन मँगाता है। फिर लॉटरी से नाम निकाले जाते हैं। क्योंकि सरकार एक साल में केवल पाँच सौ लोगों को ही भेजती है। हर यात्री को यात्रा के लिए कुछ वित्तीय मदद भी सरकार देती है। जानेवाले हर व्यक्ति को मजिस्ट्रेट के सामने हलफनामा देना होता है कि अगर रास्ते में वह शरीर छोड़ ईश्वर के पास गया तो परिवार कोई दावा नहीं करेगा। और अंत में, उन्नीस हजार फीट की ऊँचाई तक जाने के लिए आपकी सेहत साथ देगी या नहीं, यह जानने के लिए एक कठिन मेडिकल टेस्ट से गुजरना होता है। उसके बाद भी यात्रा की निर्भरता मौसम पर।

यानी आपकी यात्रा का फैसला पहले लॉटरी, फिर सेहत और उसके बाद मौसम तय करता है। आप कुछ नहीं कर सकते, सिवाय भोलेनाथ के। आप चाहे उत्तरांचल के रास्ते पैदल जाएँ। हेलिकॉप्टर से जाएँ, या फिर नेपाल के रास्ते गाड़ियों से। तारचेन के बाद तो सबको पैदल ही होना है। 'न हाथी है, न घोड़ा है, वहाँ पैदल ही जाना है।'

लौटते वक्त तकलाकोट से पहले पठार की रेगिस्तानी गुफाओं में सैकड़ों साल पुराने बौद्ध मठ दिखे। यहाँ इक्के-दुक्के लोग आते-जाते भी हैं। दरअसल इन्हें मठ नहीं, मठों के भग्नावशेष कहना चाहिए। इन सभी गुफाओं में दो बौद्ध गुरुओं के चित्र दिखते हैं। एक है पद्मसंभव, जो साधना की मुद्रा में है। तिब्बत में बौद्ध धर्म फैलाने का श्रेय इन्हीं को है। यह तांत्रिक गुरु आठवीं सदी में भारत से गए थे। दूसरे हैं मिलारेपा, जो एकतारे के साथ गाते दिखते हैं। मिलारेपा तिब्बत के सबसे बड़े संतकवि हैं। वे ग्यारहवीं शताब्दी में हुए। जादू भी जानते थे। आज भी तिब्बती इनके गीत गाते हैं।

मिलारेपा का नाता हमारे यहाँ के नाथपंथी संप्रदाय से मिलता है। इनकी गुरु परंपरा कनफटे नाथपंथी संप्रदाय के गोरखनाथ और उनके गुरु मत्स्येंद्रनाथ से जुड़ती है। मिलारेपा के पथ-प्रदर्शक गुरु नरोपा स्वयं तिलोपा के शिष्य थे। जिनके आध्यात्मिक चैतन्य को जाग्रत् करने वाले कंकणपा माने जाते हैं। इन्हें सिद्ध बनाने वाले आदिनाथ थे। जिन्हें साक्षात् शिव का रूप समझा जाता है। इसी धारा के समानांतर गोरखनाथ के गुरु मत्स्येंद्रनाथ की गुरु परंपरा भी हमें आदिनाथ तक पहुँचाती है। सिर्फ तिब्बत ही नहीं, गोरखनाथ और मत्स्येंद्रनाथ नेपाल में भी खासे लोकप्रिय हैं। गोरखनाथ के शिष्यत्व के कारण नेपाल की एक पूरी जाति का नाम गोरखा पड़ा। वहाँ एक प्रांत भी है गोरखा। तिब्बती जन मिलारेपा के भारतीय तांत्रिक सिद्धों के साथ घनिष्ठ संबंधों का गुणगान करते हैं। नेपाल और तिब्बत में शैव-बौद्ध तांत्रिक मान्यताओं का जैसा अद्भुत संगम देखने को मिलता है, वैसा दक्षिण-पूर्व एशिया में एकाध जगह ही झलकता है।

हम तकलाकोट पहुँचने ही वाले थे कि ड्राइवर ने बताया कि यहीं पास में जनरल जोरावर सिंह की समाधि है। तिब्बत में जोरावर सिंह। बड़ा ही अटपटा लेकिन रोचक। जोरावर सिंह के बारे में मैं भी नहीं जानता था। तब तक ड्राइवर महोदय हमारे लिए काकभुशुंडी बन चुके थे। उन्होंने जोरावर कथा सुनाई। जोरावर सिंह कश्मीर के महाराज गुलाब सिंह के सेनापति थे। वह लद्दाख, गिलगिट, बाल्टिस्तान जीतकर कैलास इलाके को भी कश्मीर की हिंदू रियासत में शामिल करना चाहते थे। इसके लिए उन्होंने तिब्बत पर हमला किया। वह लगभग कामयाब हो चुके थे। तभी भीषण बर्फानी तूफान में फँसकर उनकी सेना ने हथियार डाल दिए। जोरावर सिंह मारे गए। तकलाकोट से 5 किमी. दूर तोया गाँव में उनकी समाधि है। समाधि क्या मिट्टी का ढूहा है। चीनी प्रशासन वहाँ आमतौर पर तीर्थयात्रियों को नहीं जाने देता। हमें दोरजी ने समाधि के नाम पर एक मिट्टी के ढेर की एक फोटो भी दिखाई। बताया कि गाँववाले समाधि की पूजा करते हैं। क्योंकि उनका मानना है कि समाधि में भूत-प्रेत दूर करने की क्षमता है। देर हो रही थी। इसलिए हमने समाधि देखने की जिद नहीं की, वरना उनकी इच्छा तो थी। हमें वहाँ ले जाने की।

जैसे-जैसे ऊँचाई कम हो रही थी, हमारे शरीर में जान बढ़ रही थी। हम तकलाकोट में सिर्फ इसलिए रुके कि हमारे साथ चल रहे रसोई वाहन ने यहाँ डेरा डाल भोजन बनाया था। फिर गाइड को बर्फ से मुकाबला करने वाले उसके जैकेट और सामान भी लौटाने थे। इतनी दिव्य यात्रा, भोजन, मशविरों और देशी दवाइयों के लिए आभार जो जताना था। उन्हें इस ट्रक के साथ आए अपने तीन साथियों के साथ तुरंत ही काठमांडू लौटना था। उनका रास्ता दो रोज का था। हमने जल्दी-जल्दी खिचड़ी खाई। उनके भारी वस्त्र उतार अपने साथ ले गए गरम कपड़े पहने। फिर उनसे विदा ली। शेरपा और उसकी टीम के साथ सिर्फ दो रोज का ही साथ था। पर विछोह की पीड़ा हो रही थी। वह गाइड था। रसोइया था। और चिकित्सक भी—ऑक्सीजन व दवाइयों से लैस। मैंने उसके पाँव छुए।

अब हम हिलसा की ओर चले। दोरजी दुखी थे। उन्हें लगा, हम भी कुछ मिनटों में अलग हो जाएँगे। दोरजी के साथ लग रहा था, जैसे जन्मों का साथ हो। सीमा चौकी पर गाड़ी रुकी। फिर चीनी पुलिस और आव्रजन के लोग कैमरे और सामान चेक कर रहे थे। कोई फोटो तो सीमांत के संवेदनशील इलाके की नहीं है। सीमा चौकी से मुक्त हुआ तो दोरजी गाड़ी से उतर गए। कहा, पुल तक पैदल साथ चलूँगा आपका सामान लेकर। क्योंकि लक्ष्मण झूले जैसे इस पुल को पैदल ही पार करना था। मैंने उनसे निवेदन किया—नहीं, आप जाएँ। पर उनका स्नेह हमें छोड़ नहीं रहा था।

मैं इस शर्त पर राजी हुआ कि वे सिर्फ पुल के उस छोर तक ही चलेंगे, जो तिब्बत की सीमा में है। मैंने पीछे मुड़कर देखा तो तिब्बत छोड़ने में एक अजीब सीमांत सम्मोहन लगा। जैसे मैं बनारस का अपना मुहल्ला छोड़ रहा हूँ। वैसा ही सम्मोहन, जो अपना गाँव, मुहल्ला छोड़ने का होता है। पुल पर आते ही मैंने अपना लंबा जैकेट, जो मानसरोवर यात्रा के लिए ही दिल्ली से खरीदा था, दोरजी को स्मृतिस्वरूप भेंट किया। दोरजी बच्चों की तरह खुश थे। हम पुल के इस पार आ रहे थे। दोरजी वहीं से जोर-जोर आवाज लगा रहे थे—'बम भोले, ॐ नमः शिवाय।' जब तक वे आँखों से ओझल नहीं हो गए। उनकी आवाज सुनाई देती रही। वो आवाज अब भी मेरे कानों में कभी-कभी गूँजती है।

नदी के उस पार से ही हमें हिलसा में खड़ा अपना हेलिकॉप्टर दिख रहा था। हेलिकॉप्टर में हमारा सामान रखा गया। ऊँचाई ज्यादा थी। इसलिए आते वक्त की तरह इस बार भी हमें दो ग्रुप में जाना पड़ा। क्योंकि गगनचुंबी चोटियों पर हेलिकॉप्टर पूरी क्षमता से नहीं उड़ पाता। हम सिमिकोट उतरे। इस ऊबड़-खाबड़ कच्ची हवाई पट्टी पर एक छोटा जहाज नेपालगंज जाने के लिए पहले से तैयार खड़ा था। पर अभी हमारे दूसरे साथियों को आना था। जब वे आए तो हम सबके सामान उस जहाज में चले गए। यह कसरत हेलिकॉप्टर का वजन कम करने के लिए थी। अब हम सबको एक साथ नीचे नेपालगंज तक हेलिकॉप्टर से जाना था सामान के बिना।

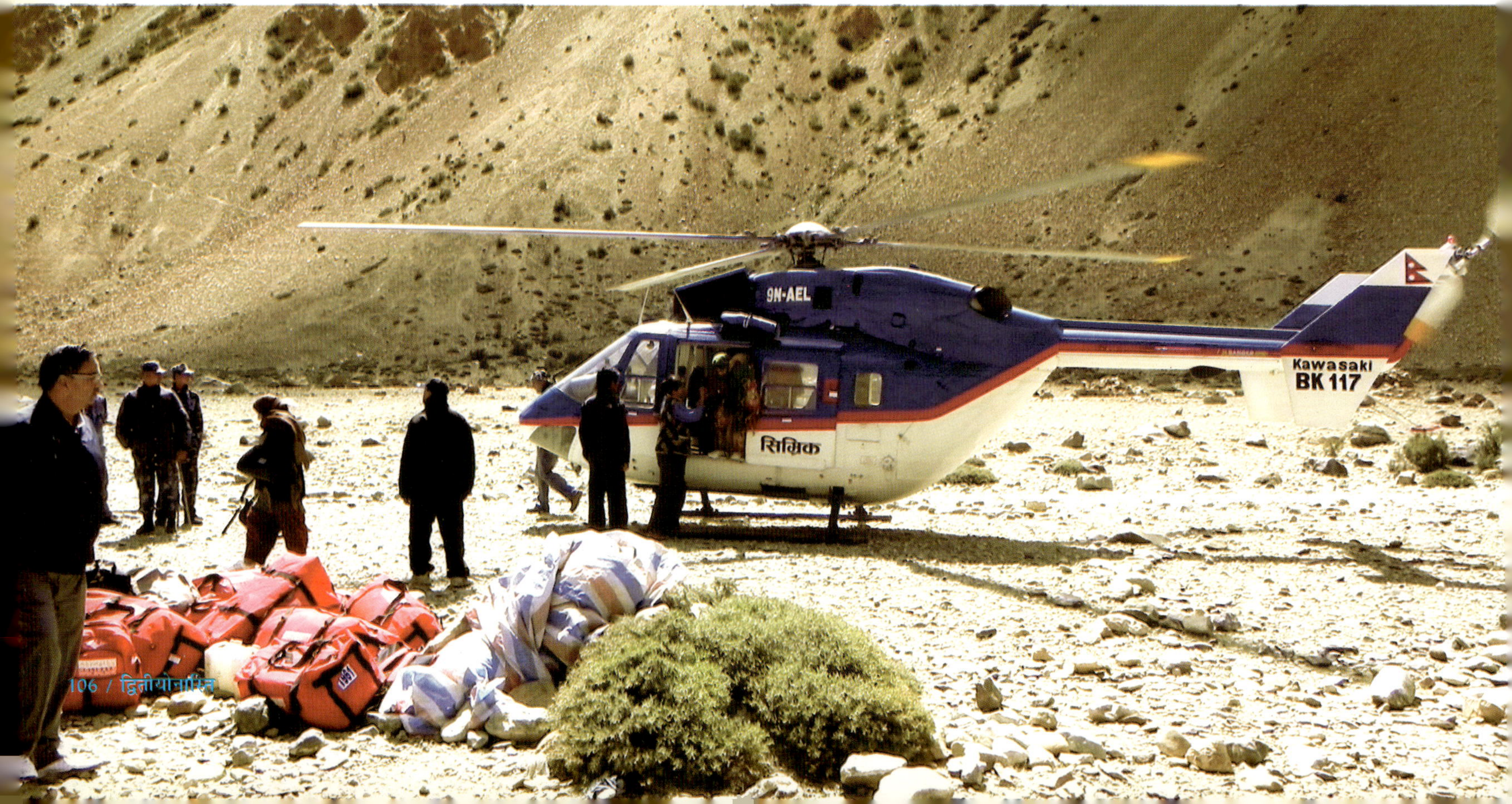

तभी एक मुसीबत बिना सूचना के आ गई। हमें स्टार्ट हेलिकॉप्टर से अचानक उतरने के लिए कहा गया। मैं समझा नहीं। सब एक-दूसरे को देखने लगे। कहीं कोई गड़बड़ है। 'हम हेलिकॉप्टर चेक कर रहे हैं', कैप्टन ने कहा। सब लोग नीचे आ इस उत्सुकता के साथ इंतजार कर रहे थे कि आखिर हुआ क्या है? कोई घंटे भर बाद हेलिकॉप्टर से सारा ईंधन निकाला गया। मुझे लगा, शायद तेल में कोई गड़बड़ होगी। कचरा होगा। फिर तेल दुबारा भरा गया।

अब तक मैं गड़बड़ी समझ चुका था। हेलिकॉप्टर का ईंधन बताने वाला यंत्र काम नहीं कर रहा था। वह टैंक खाली बता रहा था। मुझे थोड़ी जानकारी थी। विमान उड़ाने का निजी विमानन लाइसेंस मैंने 1979 में लिया था 110 घंटे की उड़ान के साथ। उड़ने और उड़ाने के बुनियादी सिद्धांत मुझे समझ ही आते हैं। कप्तान मुझे बता रहा था कि कोई गंभीर बात नहीं है। लेकिन इस मामूली गड़बड़ से हेलिकॉप्टर में 'सिक्युरिटी अलार्म' बज रहा था। कई लोग मिलकर उसे ठीक कर रहे थे। पर मामला बन नहीं पा रहा था।

थोड़ी देर बाद हेलिकॉप्टर के कैप्टन इस प्रस्ताव के साथ आए कि हम फिर दो फेरी लगाएँगे। बारी-बारी से। क्योंकि हेलिकॉप्टर जो संकेत दे रहा है, उसमें पूरी क्षमता का वजन उस पर देना ठीक नहीं है। गड़बड़ी का पता चल गया। हम एक-दूसरे का चेहरा देख रहे थे। सब ठीक तो है। कहीं फिर तो गड़बड़ नहीं होगी। हमने कैप्टन से पूछा, जरा भी संदेह हो तो आप दूसरा हेलिकॉप्टर मँगाएँ। तब तक हम यहीं रह लेंगे। यहाँ रहने का इंतजाम भी है, पर वे चलने को तैयार थे।

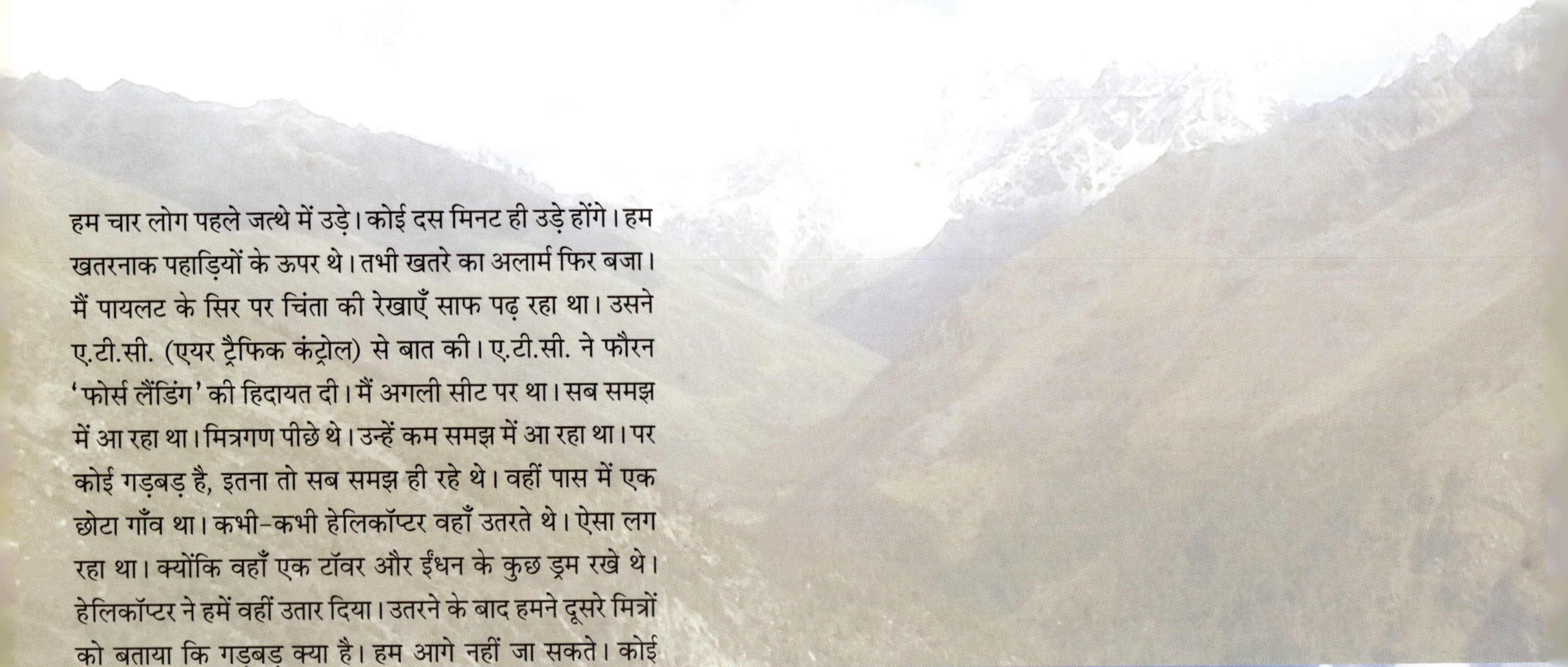

हम चार लोग पहले जत्थे में उड़े। कोई दस मिनट ही उड़े होंगे। हम खतरनाक पहाड़ियों के ऊपर थे। तभी खतरे का अलार्म फिर बजा। मैं पायलट के सिर पर चिंता की रेखाएँ साफ पढ़ रहा था। उसने ए.टी.सी. (एयर ट्रैफिक कंट्रोल) से बात की। ए.टी.सी. ने फौरन 'फोर्स लैंडिंग' की हिदायत दी। मैं अगली सीट पर था। सब समझ में आ रहा था। मित्रगण पीछे थे। उन्हें कम समझ में आ रहा था। पर कोई गड़बड़ है, इतना तो सब समझ ही रहे थे। वहीं पास में एक छोटा गाँव था। कभी-कभी हेलिकॉप्टर वहाँ उतरते थे। ऐसा लग रहा था। क्योंकि वहाँ एक टॉवर और ईंधन के कुछ ड्रम रखे थे। हेलिकॉप्टर ने हमें वहीं उतार दिया। उतरने के बाद हमने दूसरे मित्रों को बताया कि गड़बड़ क्या है। हम आगे नहीं जा सकते। कोई जोखिम न लेते हुए हेलिकॉप्टर हमें वहीं उतार सिमिकोट लौट गया। इस वायदे के साथ कि जल्दी ही गड़बड़ी सुधारकर वह दुबारा आ रहा है।

यह एक ऐसी जगह थी। जहाँ रुकने या रहने का कोई इंतजाम नहीं था। इस जगह हमारा फोन भी काम नहीं कर रहा था। खाने-पीने की दुकान नहीं थी। तब तक नेपाल सेना का एक सिपाही आ गया। मैंने उससे पूछा कि हमें नेपालगंज जाना था, वह कितनी दूर है। उसने कहा, 'खच्चर पर जाएँगे तो पाँच रोज में उस जगह पहुँचेंगे जहाँ से बस मिलेगी। और फिर बस दो दिन लगाएगी।' यह सुनने को मैं तैयार नहीं था। मैंने फिर पूछा, 'अगर पीछे सिमिकोट जाना हो तो। वहाँ कम-से-कम ठहरने की तो जगह है। अपने चार साथी भी वहीं अटके पड़े हैं। इस विपत्ति में साथ तो रहेंगे।' सिपाही ने कहा, 'पीछे जाने में भी खच्चर चार रोज लगाएगा।' हम सबके प्राण सूख गए।

भोलेनाथ याद आने लगे। कहीं कोई गलती हुई है। भगवान् ने यह संकट क्यों पैदा किया? यह परीक्षा की घड़ी थी। बाकी दुनिया से संपर्क नहीं हो पा रहा था। दिल्ली भी फोन नहीं कर पा रहा हूँ। आखिर क्या करूँ? तभी दिमाग चला। सिपाही से कहा कि वे अपने संचार माध्यम के जरिए अपनी अगली चौकी को सूचित करें और पता करें कि क्या उन्हें कोई सूचना है।

किसी के पास पहनने-ओढ़ने का सामान भी नहीं है। शाम होने को है। ठंड बढ़ेगी। सूरज डूबा तो फिर हेलिकॉप्टर भी नहीं उड़ेगा। ठहरने के लिए सिपाही ने कहा कि गाँव में ही किसी के घर इंतजाम करना होगा। चार परदेशियों को देख कुछ नाकारानुमा नेपाली भी आ गए थे। परम मस्त। उन्हें देखकर और डर लग रहा था। तब तक सिपाही दौड़ता आया। उसने बताया कि उनकी चौकी से सिमिकोट बात हो गई। ए.टी.सी. के पास यहाँ फोर्स लैंडिंग की सूचना है। आपके लिए एक 'रेस्क्यू हेलिकॉप्टर' आ रहा है। हमारी जान में जान आई।

फिर भी आखें आसमान में टँगी थीं। अब तक हेलिकॉप्टर' आया नहीं? कब आएगा? यकायक एक हेलिकॉप्टर' आता दिखा। हमारी प्रसन्नता चेहरे और शरीर से फूट रही थी। नेपाल के 'फिस्टेल एयर' का हेलिकॉप्टर जैसे ही उतरा, हम उसकी ओर लपके। पायलट को देख लगा, वह कोई देवदूत है। हम फिर से ऊँचाइयाँ छू रहे थे। इस बार ये पायलट महोदय बहुत नीचे से उड़ रहे थे। हम पहले से ही डरे हुए थे। डर और बढ़ने लगा—किसी चोटी से छू न जाए। डेढ़ घंटे के इस तनाव के बाद हमें दूर नेपालगंज दिखने लगा। नेपालगंज में हमारी हैप्पी लैंडिंग हुई। लेकिन हमारे दूसरे साथियों को रात भर सिमिकोट में ही रहना पड़ा। क्योंकि तब तक सूरज ढल चुका था। वहाँ हेलिकॉप्टर जा नहीं सकता था। हमें बताया गया कि वे सुबह आएँगे। हम नेपालगंज के होटल में उनका इंतजार कर रहे थे। सुबह-सुबह वे सभी आ गए।

हमारा सपना पूरा हुआ। जो देखा वह समझ से परे था। जो भोगा वह समझ से परे था। इस आश्चर्यलोक और पुण्यभूमि के विस्मय का बखान मेरे वश की बात नहीं है। लौटने के बाद भी मेरा बावरा मन मानने को तैयार नहीं था। वह वहीं रम रहा था। बार-बार मैं ईश्वर को धन्यवाद देता हूँ। इतनी दूर से हमें बुलाया प्रभु। प्रेरणा दी, ताकत दी। आपका कृतज्ञ हूँ। उन आँखों का भी, जो यह देख सकीं। काया का, जिसने साथ दिया। मन का, जिसने ये तमाम अहसास ग्रहण किए। अब उसी मन से आपके लिए।

अयन

कैसे पहुँचें कैलास-मानसरोवर

यह दुनिया की सबसे दुर्गम और सुंदर यात्रा है। सदियों पुरानी इस यात्रा का स्वरूप, जाने के तरीके और रास्ते अद्‍भुत हैं। दिल्ली से कैलास मानसरोवर की दूरी कोई नौ सौ किलोमीटर है। यह यात्रा पंद्रह हजार फीट की ऊँचाई से लेकर उन्नीस हजार फीट की ऊँचाई तक जाती है। आप चाहे जिस रास्ते से जाएँ। यात्रा के लिए कोई बीमा सुविधा नहीं है। कैलास यात्री को शरीर से जितना मजबूत होने की जरूरत है, उतना ही उसे मजबूत मनोवैज्ञानिक रूप से भी होना होगा।

कैलास तक जाने के लिए तीन रास्ते हैं। एक रास्ता भारत के उत्तराखंड से होकर गुजरता है। इस रास्ते में मुश्किलें ज्यादा हैं, क्योंकि यह रास्ता अधिकतर पैदल और ट्रैकिंग का है। भारत सरकार इसी रास्ते लोगों को भेजती है। दूसरा रास्ता थोड़ा आसान है। इसमें नेपाल की राजधानी काठमांडू से सीधे कैलास सड़क मार्ग से जाना होता है। यह रास्ता भक्तों के लिए नेपाल सरकार सिर्फ जून से सितंबर तक खोलती है। एक तीसरा रास्ता भी है, जो बहुत आसान लेकिन सबसे महँगा है। यह हवाई यात्रा है, जिसमें हेलीकॉप्टर के जरिए नेपाल के नेपालगंज से सिमिकोट और हिलसा होकर तकलाकोट तक जाते हैं। उसके आगे की यात्रा मोटर से होती है।

कैलास मानसरोवर यात्रा का आयोजन विदेश मंत्रालय हर साल करता है। सरकार साठ यात्रियों का समूह 16 बैचों में 29 मई से 26 सितंबर के बीच भेजती है। हर बैच की यात्रा अवधि 28 दिन की होती है। एक यात्री को 25 किलो तक सामान ले जाने की इजाजत है, जिसमें 5 किलो खाने की चीजें हो सकती हैं। कैलास मानसरोवर की यात्रा के पात्र भारतीय नागरिकों की उम्र 18 वर्ष से 70 वर्ष के बीच होनी चाहिए। यात्रा की मुश्किलों को देखते हुए शारीरिक रूप से फिट और स्वस्थ लोगों को ही जाने की इजाजत मिलती है। उन्हें ही अपनी मरजी, मूल्य, जोखिम और परिणाम का जिम्मा लेना होता है।

यात्रा का विकल्प-एक

भारत से कैलास-मानसरोवर यात्रा मार्ग

हलद्वानी-कौसानी-बागेश्वर-धारचूला-तवाघाट-पांगू-सिरखा-गाला-माल्पा-बुधि-गुंजी-श्कालापानी-लिपू लेख दर्रा-तकलाकोट-जैदी-बरखा मैदान-तारचेन- डेराफुक-श्री कैलास

आना-जाना

- **भारत सीमा में यात्रा**—14 दिन (127 कि.मी. पैदल, 1,306 कि.मी. बस से, कुल 1,433 कि.मी.)
- **चीन सीमा में यात्रा**—13 दिन (53 कि.मी. पैदल, 411 कि.मी. बस से, कुल 464 कि.मी.)
- **पूरी यात्रा**—27 दिन (180 कि.मी. पैदल, 1,717 कि.मी. बस से, कुल 1,897 कि.मी.)

उत्तराखंड अल्मोड़ा से अस्ककोट, खेल, गर्विअंग, लिपूलेह, खिंड, तकलाकोट होकर जानेवाला यह रास्ता अपेक्षाकृत मुश्किल है। यह भाग 338 मील लंबा है और इसमें अनेक चढ़ाव-उतार हैं। रास्ते में अनेक धर्मशालाएँ और आश्रम हैं। गर्विअंग में आगे की यात्रा में याक, खच्चर और कुली मिलते हैं। इस रास्ते तकलाकोट तिब्बत में पहला पड़ाव है। दिल्ली से जाने के लिए पहले उत्तराखंड के काठगोदाम तक ट्रेन से, काठगोदाम से धारचूला तक सड़क मार्ग से पहुँचने के बाद पांग्ला से यह यात्रा पैदल शुरू होती है। धारचूला और नाभीढांग होते हुए कुल 75 किलोमीटर पहाड़ों को पैदल पार करके यात्री दल लिपुलेख पास से तिब्बत में प्रवेश करते हैं। गुंजी के बाद 16,500 फीट की ऊँचाई पर लिपुलेख पास से भारत सरकार इस यात्रा को चीन सरकार को सौंपती है। हजारों साल से इसी रास्ते से कैलास यात्रा होती रही है। इसमें रुकावट सन् 1962 में तब आई, जब भारत पर चीनी हमले के बाद चीन ने यह रास्ता बंद कर दिया। सन् 1981 से श्री अटल बिहारी वाजपेयी और सुब्रह्मण्यम स्वामी की कोशिशों के बाद इस रास्ते यात्रा फिर शुरू हुई।

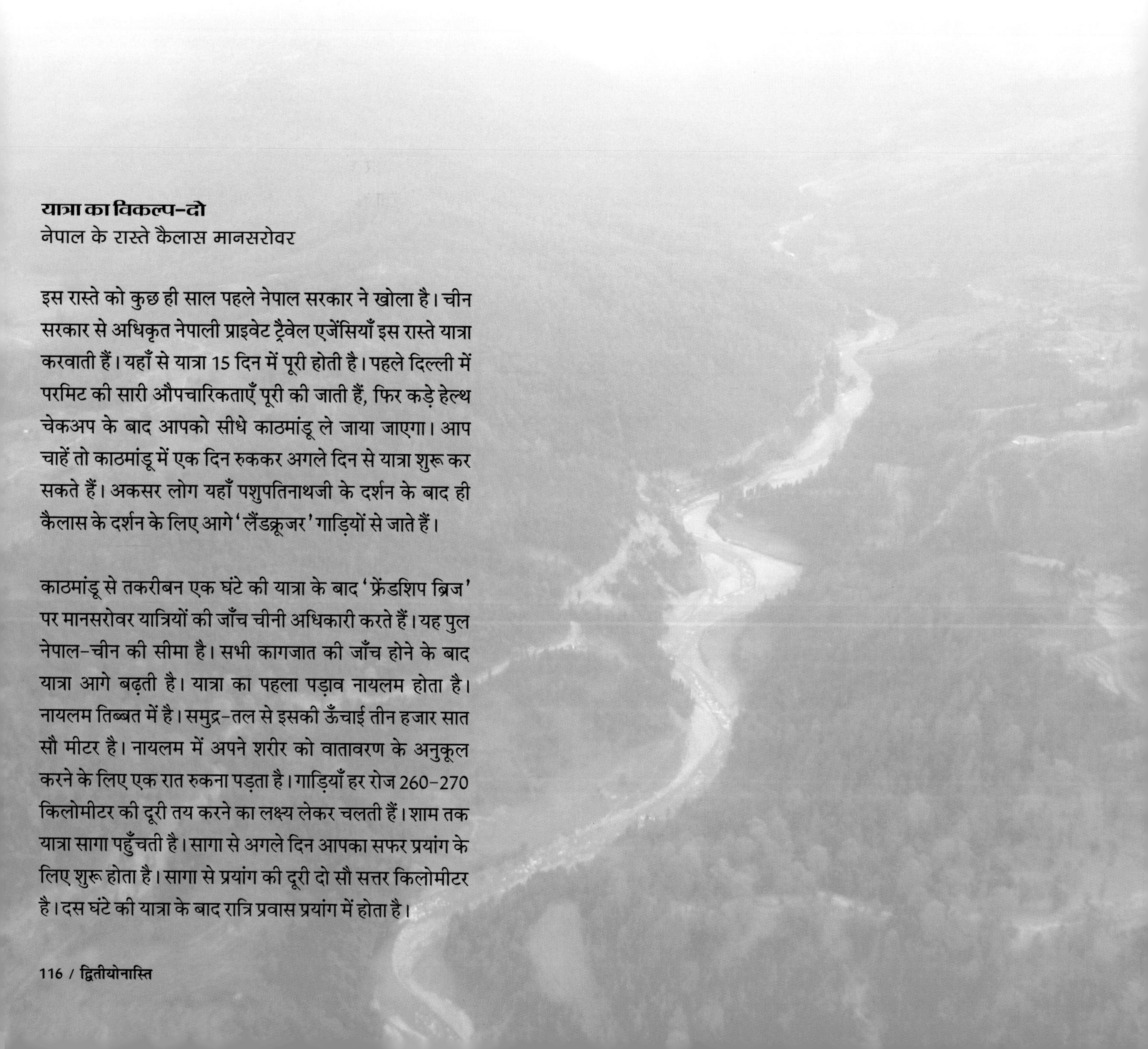

यात्रा का विकल्प-दो

नेपाल के रास्ते कैलास मानसरोवर

इस रास्ते को कुछ ही साल पहले नेपाल सरकार ने खोला है। चीन सरकार से अधिकृत नेपाली प्राइवेट ट्रैवेल एजेंसियाँ इस रास्ते यात्रा करवाती हैं। यहाँ से यात्रा 15 दिन में पूरी होती है। पहले दिल्ली में परमिट की सारी औपचारिकताएँ पूरी की जाती हैं, फिर कड़े हेल्थ चेकअप के बाद आपको सीधे काठमांडू ले जाया जाएगा। आप चाहें तो काठमांडू में एक दिन रुककर अगले दिन से यात्रा शुरू कर सकते हैं। अकसर लोग यहाँ पशुपतिनाथजी के दर्शन के बाद ही कैलास के दर्शन के लिए आगे 'लैंडक्रूजर' गाड़ियों से जाते हैं।

काठमांडू से तकरीबन एक घंटे की यात्रा के बाद 'फ्रेंडशिप ब्रिज' पर मानसरोवर यात्रियों की जाँच चीनी अधिकारी करते हैं। यह पुल नेपाल-चीन की सीमा है। सभी कागजात की जाँच होने के बाद यात्रा आगे बढ़ती है। यात्रा का पहला पड़ाव नायलम होता है। नायलम तिब्बत में है। समुद्र-तल से इसकी ऊँचाई तीन हजार सात सौ मीटर है। नायलम में अपने शरीर को वातावरण के अनुकूल करने के लिए एक रात रुकना पड़ता है। गाड़ियाँ हर रोज 260-270 किलोमीटर की दूरी तय करने का लक्ष्य लेकर चलती हैं। शाम तक यात्रा सागा पहुँचती है। सागा से अगले दिन आपका सफर प्रयांग के लिए शुरू होता है। सागा से प्रयांग की दूरी दो सौ सत्तर किलोमीटर है। दस घंटे की यात्रा के बाद रात्रि प्रवास प्रयांग में होता है।

अद्‌भुत प्राकृतिक नजारा और भगवान्‌ शिव के दर्शन की ललक शायद ही आपको थकान का एहसास होने दे। क्योंकि अगले दिन आपको मानसरोवर के दर्शन होने वाले हैं। दिल्ली से महज चार दिन के सफर के बाद पाँचवें दिन आप पारलौकिक अहसास वाली मानसरोवर झील के सामने होंगे। मानसरोवर के इस किनारे से कैलास पर्वत का दक्षिणी हिस्सा भी दिखाई देगा। कैलास की परिक्रमा के लिए मानसरोवर झील से साठ किलोमीटर दूर तारचेन के बेस कैंप पहुँचना होता है। वहाँ से परिक्रमा आप या तो पैदल कीजिए या फिर घोड़े के जरिए। चौवन किलोमीटर की कैलास परिक्रमा करना आसान नहीं होता है।

यात्रा के पाँचवें दिन अठारह हजार आठ सौ फीट की ऊँचाई तक जाना होता है, फिर रास्ता सीढ़ी की तरह है—कभी ऊँचाई तो कभी एकदम ढलान। ऊँचाई अधिक होने के कारण यहाँ ऑक्सीजन की कमी होती है। डेरापुक के लिए पदयात्रा शुरू करते ही रास्ते में आसपास झरने और ठंडी हवाएँ आपकी थकान मिटाते हैं। इसी रोज आपको गौरी कुंड के दर्शन होंगे। माना जाता है कि माता पार्वती इसी कुंड में स्नान करती थीं। इस रोज 24 किलोमीटर की दूरी तय होती है। परिक्रमा के दौरान कैलास पर्वत के पश्चिमी, उत्तरी और दक्षिणी मुख के दर्शन होते हैं।

यात्रा का विकल्प–तीन

नेपाल से वायु मार्ग के रास्ते कैलास मानसरोवर

नेपाल और भारत से कैलास मानसरोवर पहुँचने का तीसरा विकल्प है वायु मार्ग। कैलास तक जाने के लिए हेलीकॉप्टर की सुविधा सबसे आसान है। काठमांडू से नेपालगंज और नेपालगंज से सिमिकोट, फिर वहाँ से हिलसा तक हेलीकॉप्टर से जाया जाता है। उसके बाद मानसरोवर तक पहुँचने के लिए 'लैंडक्रूजर' गाड़ियाँ मिलती हैं। काठमांडू से ल्हासा के लिए 'चाइना एयर' वायुसेवा उपलब्ध है, जहाँ से तिब्बत के विभिन्न कस्बों—शिंगाटे, ग्यांत्से, लहात्से, प्रयांग पहुँचकर भी मानसरोवर जा सकते हैं।

काठमांडू से नेपालगंज घंटे भर की उड़ान है। फिर नेपालगंज से सिमिकोट के लिए उड़ते हैं। यहाँ रुकना पड़ता है। एक तो ऊँचाई से तालमेल बिठाने के लिए, दूसरे यह नेपाल का अंतिम प्रशासनिक मुख्यालय है। यहीं आव्रजन कार्यालय भी है। नेपाल सरकार के नियमों के अनुसार चीन में प्रवेश से पहले सारे कागजात यहाँ दिखाने होते हैं। सिमिकोट में औपचारिकताएँ पूरी करने के बाद आप हिलसा के लिए उड़ते हैं। हिलसा में लैंड करने के बाद यात्रा एक झूलेनुमा पुल से करनाली नदी पार कर चीन में प्रवेश करती है। फिर चीनी कस्टम कार्यालय में दस्तावेजों की जाँच होती है। इसके बाद गाड़ियों से कोई 1 घंटे में तकलाकोट पहुँचा जाता है। इस यात्रा में वक्त भी काफी कम लगता है।

- हेलीकॉप्टर के जरिए नेपालगंज से सिमिकोट डेढ़ घंटा
- हेलीकॉप्टर के जरिए सिमिकोट से हिलसा 30 मिनट
- हिलसा से शेर गाँव पैदल 1 घंटा
- शेर गाँव से तकलाकोट 'लैंडक्रूजर' से 1 घंटा

तकलाकोट में रुककर ऊँचाई के साथ शरीर का तालमेल बिठाया जाता है। आप चाहें तो यहाँ खोजरनाथ मंदिर, जो श्रीराम-सीता और लक्ष्मण का प्राचीन मंदिर है, देखने जा सकते हैं। ग्यारह सौ साल पुरानी मोनेस्ट्री भी देखने लायक हैं। वहाँ जाने में गाड़ी से 45 मिनट लगते हैं। सुबह तकलाकोट से मानसरोवर 'लैंडक्रूजर' से डेढ़ घंटे की ड्राइव है। रास्ते में राक्षसताल और दूसरे खूबसूरत दृश्यों की तसवीरें भी ले सकते हैं।

तकलाकोट से मानसरोवर बहत्तर कि.मी. का सफर है। मानसरोवर झील में पूजा-पाठ और स्नान करने के बाद गाड़ियों से तारचेन (कैलास पर्वत का बेस कैंप) पहुँचते हैं। मानसरोवर झील से तारचेन की दूरी चालीस कि.मी. की है। जाने में एक घंटा लगता है। तारचेन से यमद्वार गाड़ी 45 मिनट में ले जाती है। यमद्वार से आगे की बाकी यात्रा पैदल होती है। डेराफुक से डोल्मा पास के लिए पदयात्रा। फिर गौरी कुंड होते हुए तारचेन वापसी। वहाँ से तकलाकोट, फिर हिल्सा सीमा पैदल पार कर हिल्सा से हेलीकॉप्टर के जरिए नेपालगंज वापसी।

इन बातों पर भी ध्यान दें–

- पहाड़ों का सम्मान करें और पहाड़ पर विजय पाने की कोशिश न करें। अपनी शारीरिक क्षमता का प्रदर्शन न करें। स्थिर एवं लयबद्ध होकर चलें। कोशिश करें कि हमेशा एक सहयोगी के साथ हों। यह आकस्मिक बीमारी या दुर्घटना से बचने का सुरक्षित उपाय है।
- अकसर यहाँ बिजली गिरती है। बिजली गिरने के दौरान चिह्नित वस्तुओं, जैसे वायरलेस और बर्फ काटने की कुल्हाड़ी के विद्युतीय संपर्क में आने से बचें। चोटीदार चट्टानों से दूर रहें। अगर कम ऊँचाई पर हैं तो किसी लंबे पेड़ के नीचे या किसी ऊँची पहाड़ी की चोटी पर न बैठें। इसके बजाय खुले में बैठना ज्यादा सुरक्षित है।
- दो या तीन कसे ऊनी कपड़े न पहनें। इसकी जगह कई ढीले कपड़े पहनें, जो हवा को रोकने में सहायक हों।
- यात्रा में कम-से-कम दो अच्छे ट्रैकिंग जूते साथ रखें। आप उन जूतों को पहनकर चलने का पहले से अभ्यास कर लें, ताकि यात्रा के वक्त वे पैरों को न काटें।
- यात्रा के वक्त पहने जानेवाले जूतों के अंदर कम-से-कम दो (एक सूती तथा एक ऊनी) मोजे जरूर पहनें।
- सुनिश्चित करें कि आपके पैर सूखे हों। डस्टिंग पाउडर का प्रयोग मोजे पहनने से पहले करें। जैसे ही कैंप में पहुँचें, मोजे तुरंत बदल दें। गीले मोजे या जूते के साथ यात्रा करना असुविधाजनक, छालों तथा त्वचा संबंधी रोगों की वजह हो सकता है।
- अपने हाथों एवं उँगलियों की सुरक्षा के लिए अच्छी तरह फिट दस्तानों का प्रयोग करें। हाथ, पैर, मुँह तथा नाक को ठंड से बचाना चाहिए। इन अंगों का लगातार ठंड के संपर्क में रहना शरीर के तापमान को गिरा सकता है, जिसका परिणाम कभी-कभी जानलेवा भी हो सकता है।
- चढ़ाई के दौरान ज्यादा मात्रा में पानी व तरल पदार्थ पीते रहें। यह जरूरी है। अपने शरीर को पर्याप्त ऊर्जा देने के लिए थोड़ी मात्रा में गरम व मीठे तरल पदार्थ थोड़ी-थोड़ी देर पर जरूर लें।
- अच्छी क्वालिटी के चश्मे (सनग्लास) का प्रयोग करें।
- छोटी-मोटी चोटों की अनदेखी न करें, अल्सर तथा छाले आदि का फौरन उपचार करें।
- हाथों और पैरों को हिलाते रहें तथा कुछ-कुछ समय के बाद एक्सरसाइज करें। यह शरीर को गरम रखने के लिए भी जरूरी है।

- सहयात्रियों से अलग न हों। यदि भारी बर्फबारी या कोई बर्फीला तूफान आए तो सभी यात्री एक-दूसरे के नजदीक रहें। छोटे-छोटे समूह में यात्रा करें।
- सुनिश्चित करें कि समूह अपनी यात्रा सुबह जल्दी शुरू करे और तय समय पर गंतव्य तक पहुँच जाए।
- एक या दो के ग्रुप में यात्रा न करें। पर्वतारोहण कर रहे मुख्य समूह से अलग न हों। इस बात पर ध्यान दें कि आपके सामने चल रहा व्यक्ति आपकी नजर में रहे।
- जूते पहनकर न सोएँ।
- ज्यादा वजन के साथ यात्रा न करें।
- यात्रा के दौरान अल्कोहल न लें, खासकर ऊँचाई पर यह ज्यादा खतरनाक है।
- दुर्गम यात्रा के दौरान अकसर कमजोरी और बेचैनी महसूस होने लगती है। इसके लिए ग्लूकोज और इलेक्ट्रॉल जरूर रखें।
- अगर यात्रा के दौरान आपको बार-बार भूख लगे तो ऐसे में भारी खाना खाने के बजाय सूखे मेवे, चने और बिस्कुट खाएँ, जिससे कि आप यात्रा जारी रख सकें।
- महिलाओं को ऐसे कपड़े पहनने चाहिए, जिससे पैदल चलने और टट्टू पर बैठने में आसानी हो।
- परिक्रमा में मौसम कभी भी तेजी से बदलता है। बारिश में चलना और भी मुश्किल हो जाता है। इससे बचने के लिए वाटरप्रूफ जूते, वाटरप्रूफ बैग और हलकी बरसाती रखें।

- टॉर्च, मोमबत्ती, माचिस, सूई-धागा भी आपके सफर की मुश्किलों को आसान करेगा।
- मुश्किल वक्त के लिए सहायता केंद्रों का नंबर अपने पास जरूर रखें।
- मानसरोवर में अपनी शारीरिक क्षमता और आदत के विपरीत वाहवाही के लिए ज्यादा देर तक स्नान करना खतरनाक हो सकता है।
- अगर आपको जरूरत नहीं भी है तो पोनी या पोर्टर की सुविधाएँ जरूर लें। न जाने कब इनकी जरूरत पड़ जाए। पोनी अथवा पोर्टर गाइड और सहयोगी दोनों के काम आते हैं।
- फोटोग्राफी करते समय इस बात का ध्यान रखें कि सेना के कैंप, चाहे वे भारत के हों या चीन के, फोटो न लें।
- इस इलाके में हर समय चारों तरफ बर्फ फैली रहती है। सुबह और शाम चेहरे एवं हाथों पर वैसलीन तथा त्वचा-रक्षक अन्य पदार्थ अच्छी तरह लगाने चाहिए, वरना त्वचा फट जाती है और नाक में घाव भी हो सकते हैं।

□□□

DOLMA PASS(17000 FT.)
16 KM
10 KM
HOLY KAILASH
DERAPHU
8 KM
YAMDWAR
ZONGZERBU
DARCHEN (3182M)
12 KM
HORE
TO LHASA
RAKSH TAL
MANAS SAROVAR
50 KM
100
QUGU
LIPULEKH PASS
TAKLAKOT (4000 M) TAR-CHINE
19 KM
ADI KAILASH
JOLING KONG
3 HRS
4 HRS
NAVIDANG
8.5
14
5 HRS
4 HRS
KALAPANI
7 HRS
KUTTI
9
19
GUNJI
9
6 HRS
5 HRS
9
GARBAYANG
5
CHIYALEKH
3
BUDHI
8
KALI RIVER
INDIA
MALPA
GARBADHAR
NEPAL
12
GALA
6
14
SIRKHA
5
NARAYAN ASHRAM
6
MAGTI NALA
18
PANGLA
35
18
TAWAGHAT
18
DHARCHULA
80
KALI RIVER
ASKOT
OOGLI
NARAYAN NAGAR
PITHORAGARH
MERTHI
5
DIDIHAT
24
24
THAL
BAGESHWAR (BAGHNATH TAMPLE)
PATAL BHUVANESHWAR
25
70
CHAKORI
UDIARI BAND
(SHIVA TAMPLE)
BAIJNATH
26
18
110
2
10
15
KAUSANI
18
RAIGARH
BERINAG
75
ALMORA
DHOLECHINA
130
KATHGODAM
JAGESHWAR
BADECHINA
380
DELHI
S.NO.
NAME
SIGN
1. METALLED ROAD
2. FOOT TRACK
3. IMP. PLACES
4. N/HALT
5. RIVER
6. WAY TO KAILASH
7. RETURN WAY TO DELHI
NOT TO SCALE
TIME IS APPROX.
MAP IS NON OFFICIAL